edition atelier

ARTHUR RUNDT

MARYLIN

ROMAN

Herausgegeben und mit einem Nachwort
versehen von Primus-Heinz Kucher

EDITION ATELIER WIEN

I.

Marylin hatte in Chicago eine Fünfundzwanzig-Dollar-Stellung.

Sie fuhr jeden Morgen mit dem gleichen Hochbahnzug in ihr Office, vom Nordwesten der Stadt bis zur Station an der Ecke der Wabash und Madison Street.

Aber was half es Philip, daß er täglich diese selbe Linie benutzte, daß er täglich sechs Stationen vor Madison Street gerade diesen bestimmten Zug erwartete und ihn zugleich mit Marylin verließ?

Die Züge, die nach dem Geschäftsviertel fahren, sind ja um diese Zeit so voll, daß man froh sein muß, überhaupt mitzukommen. Es so einzurichten, daß man in einem gewissen Waggon fahren, vielleicht in der Nähe einer gewissen Person stehen kann, das ist ganz unmöglich.

Marylin hatte meist einen Sitzplatz. Also kam sie wohl von weit her, aus einem Stadtteil, in dem die Züge noch nicht so voll waren.

Philip begnügte sich damit, einen Platz bei der Wagentür zu erwischen, als einer der ersten herauszuspringen und Marylin in der Menge aufzuspüren. Dann ging er ein paar Straßenblocks die Madison Street entlang hinter ihr her.

Er wußte: An der Dearborn Street bog sie nach links ab und verschwand wenige Schritte weiter im Haustor eines Wolkenkratzers.

Es war ein tägliches Glücksspiel darum, einmal auf irgendeine Art – er hatte keine Vorstellung davon, auf welche – ein paar Worte zu dem Mädchen zu sprechen. Einmal meinte er, mußte die Chance doch kommen.

Philip kannte Marylin in zwei Kleidern. Das eine, das sie öfter trug, war ärmellos; so hatte er sie auch das erstemal gesehen. Die dünnen Arme, von denen man auf eine Fünfzehnjährige hätte schließen können, hatten seinen Blick auf sich gezogen. Und wenn er ihr durchs Menschengewimmel der Straße folgte, sah er kaum mehr vor sich als diese zarten Kinderarme, die aus den behutsam wiegenden Schultern hin- und herpendelten.

Marylin ging in der allgemeinen Hast langsamen Schrittes bis an ihr Haustor, wie jemand, der sicher ist, nicht zu spät zu kommen. Ihre ungezwungen aufrechte Haltung steigerte diesen Eindruck von Ruhe.

Nach drei Wochen begegnete Philip dem Mädchen eines Nachmittags auf dem Heimwege, und nun verdoppelte er die Chance seines Spieles, indem er sie von jetzt an auch am Schluß der Arbeitszeit erwartete, und zwar oben an der Station, bei den Zügen, die von Madison Street nach dem Nordwesten führten.

Dann, als er sich auf der Heimfahrt schon ein paarmal einen Platz im selben Wagen erkämpft hatte, stieg er einmal an seiner sechsten Haltestelle nicht aus. Er fuhr, ohne einen bestimmten Entschluß gefaßt zu haben und ohne genau zu wissen, warum er es tat, so weit mit, bis Marylin den Zug verließ, dann folgte er ihr auf die Straße hinab.

Aber unten blieb er stehen und blickte ihr nach.

Sie ging auch hier den gleichen langsamen Schritt, sich in den Schultern wiegend; die Nähe des Ausruhens am Ende des Tages beschleunigte ihren Gang ebensowenig wie der Beginn der Arbeit am Morgen.

Plötzlich ging Philip, als habe er sich auf etwas Unrechtem ertappt, quer über die Straße zum Aufgang für die stadteinwärts fahrenden Züge und lief dort die Treppe hinauf.

Aber dann verlangsamte er seinen Schritt und blieb mitten auf der Treppe stehen. Ihm war unversehens klar geworden, daß er gar keinen Grund hatte, davonzulaufen. Es hätte nichts ausgemacht, wenn das Mädchen sich umgewendet und ihn gesehen hätte. Denn sie wußte ja nichts von ihm.

Da steht also auf der steilen Treppe, die zur Plattform dieser Hochbahnstation führt, ein junger Mensch, bekommt einen roten Kopf und macht ein verdutztes Gesicht.

Der Hut ist ihm ein wenig nach hinten gerutscht, er hält die Hände in den Hosentaschen; er hat sich seitwärts ans Geländer gelehnt, der rechte Fuß steht um eine Stufe höher als der linke. Er ist rot geworden wie ein Schulbub, ein erwachsener Mensch von sechsundzwanzig Jahren.

Um diese Zeit fährt nur selten jemand aus den Außenbezirken ins Innere der Stadt. Ein Vorübergehender hätte wohl meinen können: Diesem jungen Mann wäre plötzlich eingefallen, daß er zu Hause etwas hat liegen lassen, und nun denkt er nach, ob er noch einmal zurück muß.

Es ist alles sehr schnell gegangen, das Hinauflaufen, das Stehenbleiben, das Stutzigwerden. Aber in diesem kurzen Zeitraum hat sich allerhand durch sein Gehirn gedrängt: Erinnerungen, Überlegungen und dann ein Entschluß.

Kitty ... Ja, wie war das damals mit Kitty, im letzten Jahr auf dem College? Er war immerfort mit ihr zusammen, zu Tanzgesellschaften, bei Sonntagsausflügen, oft auch in der Woche ohne besonderen Anlaß. Er war ihrer auf eine bestimmte Art ganz sicher. Nur – hatte er nicht daran gedacht, es ihr zu sagen. Er war oft mit ihr zusammen, aber sie wußte so wenig von seinen Gedanken und Absichten, daß sie ihm eines Tages um den Hals fiel, um ihm mitzuteilen, daß sie sich mit einem anderen verlobt hatte.

Das ist jetzt bald fünf Jahre her, fünf Jahre, in denen er ein Mann geworden ist. Und trotzdem ist er im Begriff, sich nun noch dümmer zu benehmen als damals.

Denn, sagt er sich, dieses Mädchen, das dort die Straße hinabgeht, weiß ja nichts von dir. Sie hat keine Ahnung davon, was du seit einem Monat täglich um ihretwillen treibst!

Und du rechnest mit diesem Mädchen als etwas endgültigem. Du bist entschlossen, sie nicht aus den Augen zu verlieren. Du glaubst an etwas Gemeinsames zwischen ihr und dir.

Daran hat diese Minute hier an der Treppe zur Hochbahnstation nichts geändert.

Aber so etwas wie damals mit Kitty – nein, so etwas soll nicht wieder geschehen. Nein!

Bis hierhin war er gelangt, als er sich, wie jemand, der einen Sprung machen will, straffte und die Treppe weiter hinaufging.

Alles zusammen, die Erinnerung an Kitty, die Überlegung und der Entschluß, etwas Entscheidendes zu tun – das alles zusammen hatte nur den Bruchteil einer Minute gedauert.

Auf dem Wege von jener Hochbahnstation zu ihrer Wohnung besuchte Marylin täglich einen jener Läden, in denen aus Eis, Mineralwasser, Milch, Fruchtsäften und vielerlei Chemikalien nach den Wünschen der Gäste Getränke gemischt wurden.

Wenn Marylin eintrat, das Fräulein an der Kasse im Vorübergehen lächelnd grüßte und sich hinten im Laden niedersetzte, griff der Mann am Bartisch nach einem der Nickelbecher und begann unaufgefordert seine Arbeit. Marylin trank von den zahlreichen Mischungen immer die gleiche: eisgekühlte Milch, in die ein Ei, etwas Zucker und ein Löffel gelben Malzpulvers geschüttet wurden, alles das auf einem elektrisch betriebenen Apparat zu einem schaumigen Getränk durcheinander gesprudelt.

Ihr Besuch in dem Laden dauerte immer nur wenige Minuten. Sie trank ihr Glas langsam und in Abständen aus. Manchmal las sie in dem kleinen ungebundenen Buch, das sie bei sich trug, bis zu einem Abschnitt, der zum Unterbrechen geeigneter war als jener Punkt, an dem sie in der Hochbahn hatte aufhören müssen. Aber meist saß sie still da, scheinbar ohne an irgend etwas zu denken.

Dann zahlte sie, dann lachten die beiden Mädchen einander wieder an, und Marylin ging nach Hause.

*

Sie wohnte bei einer Irländerin, die das kleine Boardinghouse erst vor kurzem gekauft hatte. Zwei Zimmer lagen nach der Straße hinaus, ein langer, dunkler Gang verband die Vorderzimmer mit der Küche; von diesem Gang aus gingen fünf Türen in fünf voneinander abgesonderte kleine Zimmer.

Marylin wohnte im vorletzten.

Die Wohnung lag im siebenten Stock eines alten, nicht sehr gepflegten Hauses. Der Schwarze, der den Aufzug bediente, sagte allen heimkehrenden Bewohnern, sobald er die Lifttür geschlossen hatte, einen Satz über das Wetter und über die allgemeine Laune, die sich aus dem Wetter ergab. »'N wunderschöner Tag heute, muß sehr schön sein, ein Stückchen spazieren zu gehen« oder »Schrecklich, der Regen, will nicht aufhören, man muß froh sein, nach Hause zu kommen« oder dergleichen. Der Schwarze sagte das zu allen mit gleich betonter Freundlichkeit. Manche erwiderten mit einem höflichen Wort, manchen nickten nur mechanisch mit dem Kopf; die meisten hörten seine Worte wie das Geräusch der Aufzugsmaschine, wie etwas Unvermeidliches. Marylin gehörte zu diesen letzten.

Sobald sie oben in ihrem Zimmer war, legte sie ihr Täschchen aufs Bett, wechselte das Kleid gegen ein Hausgewand und setzte sich eine Weile in den Schaukelstuhl, der zwischen Fenster und Toilettetisch seinen Platz hatte.

Das Zimmer war ein kleiner, aber heller Raum. Er enthielt das Bett, in der Ecke den Verschlag für Kleider, ein Waschgestell, die Kommode, die zugleich Schreib- und Toilettetisch war, einen einfachen Stuhl und den Schaukelstuhl. Neben der Kommode stand Marylins großer Koffer, der die selten gebrauchten Kleidungsstücke enthielt und im untersten Fach Briefe, das Bankbuch und ihre Dokumente. Über der Kommode hing neben dem Spiegel in einem Holzrahmen, den ein paar Feldblumen schmückten, die Photographie eines stolzen, aber traurig dreinblickenden Mannes mit einem unmodischen Vollbart. Alles war an seinem sorgfältig gewählten Platz, links auf der Kommode, über die eine Decke gebreitet war, drei Flakons, rechts zwei Glasdosen, in der Mitte eine Vase, vor ihr die Schreibmappe.

Marylin blieb meist in ihrem Zimmer, bis die Wirtin sie zur Abendmahlzeit rief, die beide in der Küche einnahmen. Nachher pflegte Marylin noch eine Weile hinunterzugehen, einmal oder zweimal in der Woche ins Kino.

Es gab keine Ereignisse in diesem Leben, nichts Erwartetes, nichts Unerwartetes.

Marylin fiel es nicht auf, als eines Tages kurz hinter ihr ein junger Mann in den Laden trat, in dem sie ihr Nachmittagsgetränk einnahm. Er bestellte ein Glas Soda mit Fruchtsaft und setzte sich an einen Tisch vorn neben der Kasse.

Philip konnte Marylin nicht sehen. Er saß so, daß er ihr beinahe den Rücken kehrte. Sein Blick war dem vorderen

Teil des Ladens zugekehrt, der Kasse und der offenen Tür, die ein Rechteck der Straße zeigte.

Hatte Philip es nicht gewagt, sich anders hinzusetzen? Es war selten Unsicherheit in dem, was er tat, obwohl er außerhalb des Bureaus seinen scharf zugreifenden Verstand fast wie eine Maschine abschaltete. Saß er nicht im Office des Architekten, bei dem er arbeitete, über Plänen und Berechnungen, so lenkte ihn nur sein zuversichtlicher jungenhafter Glaube, daß das, was er wollte, das richtige war und auch immer gut ausging.

Für seine Beziehung zu Marylin wäre es nicht ganz treffend, das Wort »Liebe« zu gebrauchen. Was in ihm vorging, war frei von jedem Konflikt. Er hatte sich für dieses Mädchen entschieden, ohne mehr von ihr zu wissen, als jeder wissen konnte, der zu bestimmten Zeiten des Tages aus dem Nordwesten von Chicago mit der Hochbahn zum Zentrum der Stadt fuhr oder zurück.

Er hatte einfach einen Entschluß gefaßt. Und wenn er glaubte, daß es auf nichts anderes ankomme als auf diesen Entschluß, so lag hierin nicht ein Übermaß von Selbstbewußtsein oder gar eine Geringschätzung des Mädchens.

Sein Entschluß war nicht leichtfertig. Ihm war klar, daß es hier um eine Entscheidung für sein Leben ging.

Ein paarmal hatte er von Marylin geträumt.

Er war durch die belebte Straße hinter ihr hergegangen, immer diesen sonnengebräunten Kinderarmen nach, die er für Augenblicke aus dem Gesicht verlor, dann, sich emporreckend, suchte und immer wieder fand. Er sah eine Hand, die von seitwärts herankam und den Arm des Mädchens streichelte. Da sprang er ganz schnell nach vorn, versetzte dem Burschen einen Schlag vor die Brust, so daß er gegen die Häuserwand taumelte; von der heftigen Bewegung des Hiebes war er aufgewacht.

Oder: Sie waren verheiratet, sie hatten eine kleine Wohnung mit einem Vorhang von Perlschnüren in der Tür zwischen den zwei Zimmern. Es war Abend, sie saßen beim Eßtisch unter der Lampe, er hatte auf dem Heimweg die Zeitung gekauft und las, bevor Marylin hereinkam, das Großgedruckte. Dann brachte sie die Suppe, stellte sie vor ihn hin und reichte ihm den Schöpflöffel. Drüben im Schlafzimmer spielte das Grammophon.

Einmal in seinen Träumen hatte er sie auch in den Armen gehalten und leidenschaftlich an sich gedrückt. Aber das war der verschwommenste seiner Träume.

Am klarsten waren das Bild am Eßtisch unter der Lampe und ihr Blick, mit dem sie ihm den Schöpflöffel reichte.

Beim ersten Besuch des kleinen Ladens in der Vorstadt lag vor ihm die Silhouette des Zahltisches mit dem Kassenfräulein, dahinter die Straße in der gelben Sonne des Herbstnachmittags. Das war kein glücklich gewählter Platz, das mußte das nächste Mal besser gemacht werden.

Also saß er am nächsten Tag so, daß er Marylin sehen konnte.

*

Sie las in ihrem Buch, sie trug wieder das ärmellose Kleid, das sie jetzt nicht mehr lange tragen würde, da es am Morgen und gegen Abend schon kühl zu werden begann.

Er sah in ihren großen, rehbraunen Augen, daß die Geschichte, die sie las, ihre Aufmerksamkeit völlig fesselte. Einmal, beim Umblättern, schien es ihm, als flog ein Zittern über ihre Oberlippe.

Er sah ihren Mund, ihre kleine Nase, deren gerader Rücken zu einer glatten Stirn hinaufführte, und den klaren Ansatz ihres nach hinten gestrichenen Haares. Es war braun, aber mittendurch, so kam es ihm vor, lief ein hellerer, ein beinahe blonder Streifen.

Dann schlug sie das Buch zu, Philip sah schnell nach dem Bartisch mit den Glasgefäßen und Flaschen.

Die beiden waren fast immer die einzigen Gäste des Ladens, der erst in den späteren Abendstunden lebhaften Verkehr hatte. Wenn Marylin aufstand, an Philip vorüberging und den Laden verließ, folgte ihr sein Blick verlangend, aber ohne Unruhe.

Eines Tages, als sie gerade im Türrahmen verschwand, durchzuckte es ihn: Und wenn sie morgen früh nicht in dem Zuge säße, der kurz vor neun Uhr von hier draußen zur Stadt fährt!

Da sprang er auf und folgte ihr. Er zweifelte nicht daran, daß es das Haus ihrer Wohnung war, an dessen Stufen der schwarze Liftführer sie begrüßte.

Die Furcht, die vor ein paar Minuten seinen Schritt beschleunigt hatte, war geschwunden. Und als wollte er die Lückenlosigkeit seiner Maßnahmen sich selbst bestätigen, zog er sein Notizbuch heraus und schrieb die Straße und Hausnummer auf, wie er sie soeben festgestellt hatte.

Jetzt wußte er, woher sie am Morgen kam, wohin sie am Abend ging.

Er verfolgte sie nicht, er wollte nicht schnüffeln. Er wußte wenig von ihr, dennoch lag, was er wußte, wie eine Klammer um sie.

Aber nun war es schwer, ihr näher zu kommen. Er konnte dieses fremde Mädchen nicht anreden. Er sah, daß alles verloren war, wenn er einen unüberlegten Schritt tat. Aber er zweifelte nicht daran, daß es am Ende doch einen Weg zu ihr geben werde.

Gewiß ging sie in die Kirche, besuchte vielleicht an Sonntagnachmittagen die Zusammenkünfte der Gemeinde, an denen Tee getrunken, auch ein wenig getanzt wurde. Er hätte die Gemeinde herausfinden können und hätte es erreicht, zu einem solchen Sonntagnachmittag eingeladen zu werden. Aber das waren nicht seine Wege.

Manchmal dachte er: Wenn sie in einem anderen Stadtteil wohnte, wenn ihr Office anderswo läge, wenn sie nicht auf dieser Strecke zur täglichen Arbeit fuhr, dann hätte er sie nie gesehen. Was für eine Art Schicksal ist das, das von solchen Zufällen abhängig ist?

Wenn er sich ihr Gesicht oder ihre Art zu gehen vorstellte, so daß er sie fast leibhaftig sah, dann konnte er mit dem Fuß aufstampfen, wobei sich sein Gesicht zu Ungeduld und Unwillen verzog. Das waren häßliche Verzerrungen, harte Bewegungen. Aber es waren nur ungestüme Ausbrüche einer zarten Empfindung, die keine Gelegenheit hatte, sich anders auszudrücken.

Philip kam täglich in den kleinen Laden, er grüßte beim Eintreten den Mann, der die Getränke mischte, und das Fräulein an der Kasse; manchmal, wenn Marylin gerade hinsah, machte er eine unentschlossene Bewegung gegen sie. Einmal hatte sie mechanisch mit dem Kopf genickt und dann schnell wieder in ihr Buch gesehen.

Jetzt kannte sie ihn sicher schon.

Philip blieb immer so lange da wie Marylin; hin und wieder zahlte er schnell, wenn er sah, daß Marylin sich zum Gehen anschickte, und trat vor ihr auf die Straße hinaus. Aber er blieb nie vor der Tür stehen, sondern ging sofort nach der Station zu, also in entgegengesetzte Richtung wie Marylin.

Dann geschah es einmal, daß sie beide gleichzeitig zur Ausgangstür gelangten, daß Philip sie vorangehen ließ und daß sie draußen unwillkürlich stehen blieben, Philip, um den Kragen hochzuschlagen, Marylin, um den Schirm zu öffnen; denn es ging ein langsamer Herbstregen nieder.

Da sagte Philip: »Schrecklich, der Regen will nicht aufhören, man muß froh sein, nach Hause zu kommen.« Marylin nickte, dann ging jeder seinen Weg.

Das hätte Philip ebenso zu dem Mann hinter dem Bartisch sagen können oder zu dem Fräulein an der Kasse oder zu einem Nachbar in der Hochbahn. Diese Worte bedeuteten nichts, aber es waren doch die ersten Worte, die er zu ihr gesprochen hatte.

Und als er am nächsten Morgen im Gedränge der Station Madison Street ihren Blick auffing, durfte er die Hand an den Hut legen, und Marylin mußte mit dem Kopf nikken. Und bald darauf, an einem der folgenden Tage auf dem Heimweg, flog es zwischen ihnen hin und her: »Wie geht's?« und »Danke, gut!«

Es war nichts, und es war doch alles.

Denn als sie das nächste Mal wieder zugleich aus dem Laden traten und es nicht regnete, sagte Philip: »Wunderschöner Tag heute!«, und dann ging er nicht, wie sonst, zur Station, sondern an Marylins Seite nach der Richtung des Hauses, in dem sie wohnte.

Es war nicht weit bis dorthin; aber ihm kam nicht der Gedanke, dieser kurze Weg müßte gut ausgenützt werden, er ging wortlos neben ihr her.

Von seinem Bubengesicht war jeder Wandel abzulesen: zuerst die Mühe, seine Begleitung selbstverständlich erscheinen zu lassen, dann kurzes Zögern, dann, nachdem sie zwei Straßen überquert hatten, der Wille, jetzt alles klar und übersehbar vor ihr auszubreiten.

Er sprach ohne Überlegung, aber auch ohne Zögern, obwohl er vorher nie daran gedacht hatte, was er ihr sagen wollte. Sie hörte, daß er täglich im selben Zug mit ihr zur Stadt fuhr und dann nachmittags wieder zurück, daß er sie jedesmal bei der Ankunft suchte und begleitete, daß er ihretwegen in den kleinen Laden kam.

*

Er sah sie, während er sprach, nicht an, sondern blickte geradeaus. Seine Hände hatten sich zu Fäusten geballt, aber er spürte nichts von der Erregung, die hinter seiner äußeren Ruhe lag. Er erwähnte noch kurz seinen Beruf und daß er im Bureau des Architekten fünfzig Dollar wöchentlich verdiente. Er machte keine sentimentalen Phrasen, aber jede Frau mußte aus seinen Worten leidenschaftlichen Ernst heraushören.

Marylin ging neben ihm her wie jemand, dem unvermutet erklärt wird, er sei eines Verbrechens beschuldigt, und der nicht einmal weiß, um welche Art von Verbrechen es sich handelt.

Kurz vor Marylins Haus blieb er stehen. Marylin wunderte sich nicht, daß er das Haus kannte, sie kam nicht auf den Gedanken, zu fragen, wieso er es kannte.

Sie merkte, daß er sich verabschieden wollte, reichte ihm die Hand und ging, ihren Schritt ein wenig beschleunigend, die paar Schritte bis zur Tür, an der der Schwarze sie wie immer höflich grüßte.

Am nächsten Morgen sah sie ihn nicht, aber am Nachmittag war er wieder da.

Er ging vor ihr aus dem Laden und wartete, wie in einem stillen Einverständnis. Sie bogen diesmal nicht in die Straße ein, in der Marylin wohnte, sondern machten einen Umweg.

In Marylin war während dieser Wege kein Widerstand. Er sprach von einer gemeinsamen Zukunft, von einer Wohnung wie jene, die er geträumt hatte.

Dann ergab es sich von selbst, daß Marylin redete: von ihrem Bureau, daß sie noch nicht lange hier war und daß sie in Baltimore geboren sei.

An einem Oktobertag, als die Sonne noch einmal, wie im frühen Herbst, arm herabschien, saßen sie auf der Bank eines Parks, und Philipp legte seine Hand auf die ihrige.

Zwei Tage später war Marylin verschwunden. Philip sah sie am Morgen nicht und nicht am Nachmittag. Er suchte sie auch am nächsten Tag vergeblich.

Nicht wahr, der Name einer geliebten Frau ist doch nicht das wichtigste an ihr?

Du kennst ihren Gang, eine Bewegung ihrer Hand, du hast den Klang ihrer Stimme im Ohr. Oder gar: Du weißt, sie kommt an jedem Morgen auf die Minute zur gleichen Zeit eine Treppe hinunter, steigt die Treppe am Nachmittag wieder hinauf. Du kannst es manchmal im Gewühl der Gleichgültigen nicht erreichen, daß du neben ihr sitzt, aber dann am Ende kannst du neben ihr hergehen, darfst zu ihr sprechen, und sie hört dich widerstandslos an.

Wie aber, wenn sie auf einmal nicht da ist? Wenn sie vielleicht geflohen ist, vielleicht gerade aus dieser Regelmäßigkeit geflohen, aus dem Zwang, dir zu begegnen, dich anzuhören?

Wirklich, Philip kannte den Namen des Mädchens nicht, das sein Ziel, seine Zukunft war. Jetzt half ihm auch die Vorsicht nichts, daß er eines Tages das Haus ins Notizbuch geschrieben hatte, in dem sie wohnte. Scheinbar war sie auch aus dem Hause verschwunden.

Der Liftführer stand, gegen die Mauer gelehnt, am Tor, grüßte alle, die eintraten, verschwand mit ihnen im Aufzug und führte sie hinauf. Oder er holte, wenn das Glokkenzeichen kam, Fortgehende aus ihrem Stockwerk ab. Er stand vor der Haustür, verschwand und kam wieder.

Philip glaubte nicht einen Augenblick an einen Zufall oder daran, daß sie vielleicht krank war. Er wußte, sie war fort.

Jetzt eben war der Schwarze wieder ins Haus getreten, mit einer älteren Dame, die ein Kind an der Hand führte. Philip sah das matte Licht des Fahrstuhls nach oben verschwinden, dann trat er rasch in den halbdunklen Flur.

Rechts hinten in einem Winkel brannte eine Birne über einem kleinen Tisch vor dem Schaltkasten des Telephons. Auf dem Tisch lagen Papiere, ein Federhalter und Bleistift, seitwärts ein zerlesenes, aufgeschlagenes Bibliotheksbuch. Der Stuhl vor dem Tisch war ein wenig zur Seite gerückt. Es war der Ruhe- und Arbeitsplatz des Schwarzen.

Philip war ohne bestimmte Absicht eingetreten. Was hätte er fragen sollen, nach wem?

Da fiel sein Blick auf einen Briefumschlag, der an die Mauer gelehnt war. Das Wort »Chicago« und auch die Straße und die Hausnummer waren durchgestrichen, andere Worte und Ziffern danebengeschrieben. Er las: »Miß Marylin Palmer ...« Aber er konnte nicht weiterlesen, weil hinter dem Gitter wieder das Licht des Lifts erschien und bald darauf der Schwarze.

»Verzeihung, bei wem hat Miß Palmer gewohnt oder – können Sie mir ihre Adresse sagen?«

»Jaa,« kam es in strahlender Bereitwilligkeit zurück, »jaa, natürlich, hab's aufnotiert, brauch' aber gar nicht nachzusehen, hier ist noch ein Brief, heut' früh angekommen. Hier: 12. Ontario Street. Room 1312. Cleveland, Ohio.«

»O, danke vielmals.« Und indem er die Adresse notierte: »Wann ist sie denn abgereist?«

»Vorgestern früh, hab' ihr den Koffer zum Wagen gebracht. Ganz früh, der Kerl vom Nachtdienst war noch nicht fortgegangen. Sehr unerwartet, vielleicht eine Familiengeschichte oder –«, er zog die Achseln hoch und zündete sich eine Zigarette an. Dann fuhr er, da Philip noch immer dastand, redselig fort: »Miß Palmer hat nicht lange bei uns gewohnt, aber – so ein liebes Mädel! So pünktlich, jaa!«

Eine Stunde später saß Philip in seinem Zimmer an der kleinen Schreibmaschine und schrieb an sie.

Liebe Miß Palmer!

Ich habe Ihnen alles gesagt, aber Sie haben mir nicht gesagt, daß Sie verreisen. Sind Sie abgereist, weil ich zu Ihnen über meine Zukunftspläne gesprochen habe? Ich weiß es nicht genau, aber vielleicht ist es so. Bitte, seien Sie so freundlich, mir bald zu schreiben. Ich will meine Stellung aufgeben und auch nach Cleveland kommen, ich werde dort bald eine neue finden und sicher keine schlechtere. Ich muß hier noch eine Arbeit fertig machen, die eine Woche in Anspruch nimmt, es kann auch etwas länger sein, dann könnte ich sofort kommen. Bitte schreiben Sie mir bald.

Sehr aufrichtig der Ihrige

Philip E. Garrett.

Die Antwort kam so schnell, als sie nur kommen konnte.

*

Marylin schrieb, daß sie im Bureau der Clevelander Niederlassung jener Gesellschaft arbeite, bei der sie auch in Chicago war.

Aber, lieber Mr. Garrett, ich bitte Sie um Himmelswillen, Ihr Office nicht zu verlassen und mir auch nicht mehr zu schreiben. Warten Sie eine Weile, vielleicht bekommen Sie eines Tages wieder einen Brief von mir. Sie haben recht, ich mußte von Chicago fort, ich kann Ihnen nicht mehr sagen, aber jeder Mensch hat sein eigenes Leben.

Der Brief war mit der Hand geschrieben und noch kürzer als der Philips, es waren kaum zehn Zeilen.

Marylin hatte auch in Cleveland ein Zimmer für sechs Dollar wöchentlich gefunden, das kaum anders aussah als jenes in Chicago. Sie hatte schnell ihren Koffer ausgepackt und alles geordnet. Wieder standen die drei Flakons links auf ihrem Toilettetisch, rechts die beiden Dosen, darüber hing neben dem Spiegel das Bild des Vaters mit den Feldblumen am Rahmen. Sie hatte ihr Geld zur Bank getragen, das sie vor der Abreise abgehoben hatte. Die Reise und alles, was dazukam, hatten ihre Ersparnisse um mehr als dreißig Dollar vermindert. Bevor sie das Bankbuch zu den Dokumenten ins unterste Fach des Koffers legte, warf sie einen mehr schmerzlichen als ärgerlichen Blick auf die kleiner gewordene Ziffer.

Sie hatte auch hier mit ihrer Wirtin vereinbart, um sieben Uhr abends in der Küche zu essen, zwischen ihrer Heimkehr und dieser Mahlzeit saß Marylin auch hier im Schaukelstuhl am Fenster, das in den Hof hinausging.

Sie hatte ihre Stellung an einem Montag angetreten. Als sie am zweiten Mittwoch nachmittags ihr Office unruhigen Blickes und erregt verließ, bemerkte sie nicht, daß ein junger Mann in einem Regenmantel und mit einer kleinen Tasche sie unter dem Haustor erwartete und ihr, als sie eilig zur Tramway ging, folgte.

Den Fünfzig-Dollar-Wochenlohn, von dem Philip gesprochen hatte, bezog er noch nicht lange. Bis vor einem Monat waren es nur vierzig Dollar gewesen.

Der Architekt, bei dem er arbeitete, hatte in letzter Zeit ein paarmal hintereinander den Auftrag erhalten, Pläne für den Ausbau eines Blocks mit Reihenhäusern herzustellen. Das sind jene kleinen Einfamilienhäuser, die dort, wo der Grund nicht allzu teuer ist, von einer Straßenekke bis zur nächsten aufgestellt werden, alle völlig gleich und nebeneinander, ohne trennende Zwischenräume. Es gibt natürlich Typen für solche Häuserreihen; sie hatten in Philips Atelier ausgeschnittene Schablonen, brauchten die Baufläche immer nur auf einen gewissen Maßstab zu bringen, die gewählte Schablone aufzulegen, dann blieb alles weitere beinahe ausschließlich mechanische Arbeit.

Zwei Generationen spekulativer Gehirne hatten an diesen Typenentwürfen gearbeitet. Trotzdem war Philip eine Verbesserung gelungen. Zwanzig Treppen wurden um eine Kleinigkeit gedreht und gekürzt, was die Stufen ein wenig steiler machte, zwanzig Rauchfänge wurden an einen anderen Platz gelegt. Die Änderung sah sehr geringfügig aus und bewirkte dennoch, daß für ein einundzwanzigstes Haus, freilich ein etwas schmäleres, Platz geschaffen wurde.

Der Chefarchitekt hatte, als Philip ihm den Plan zeigte, den Arm auf Philips Schulter gelegt, und am nächsten Wochenende wurde ihm die Zulage angekündigt.

Die Stellung aufgeben und dem Mädchen nachreisen, war ein großer Einsatz. Es konnte leicht ein vergebliches Opfer werden, denn es war möglich, daß Marylin noch einmal fliehen wollte. Es galt, ihr unausweichbar klarzumachen, daß eine weitere Flucht vergeblich war, ihre Schwäche – ihre Flucht war sicher Schwäche – in Hingabe zu wandeln.

Vor seiner Abreise von Chicago hatte Philip auf dem Bahnhof einen Brief an Marylin in den Kasten geworfen, der seine Ankunft für den nächsten ankündigte, also für einen späteren als den wahren Zeitpunkt.

Diesen Brief mußte Marylin soeben, kurz vor Bureauschluß, bekommen haben.

Philip sah sie das Haus verlassen, sprang hinter ihr auf die Tramway, verließ den Wagen zugleich mit ihr.

Er beobachtete das Haus, das sie betreten hatte, bis spät nachts, und war frühzeitig, als alle Straßen noch leer waren, wieder da.

Gegen neun Uhr morgens ging Marylin aus, zum Bankgebäude im nächsten Straßenblock, von wo sie bald wieder heimkehrte.

Marylin sah das Auto nicht, das eine halbe Stunde später dem ihrigen zur Bahn folgte, sah den jungen Menschen nicht, der ein paar Schritte hinter ihr stand, als sie die Karte nach New York löste.

Bei der Ankunft in der Großen Stadt führte ihr Weg die Lexington Avenue entlang nach der unteren Stadt bis zur Gegend von Gramercy Park.

Zweimal, an der 40. und an der 28. Straße, war ihr Auto von einem zweiten getrennt worden, das dicht hinterdrein fuhr.

Aber als sie an ihrem Ziel neben dem Chauffeur stand und ihm zusah, wie er das Seil aufknotete, mit dem der Koffer angebunden war, trat Philip auf sie zu und reichte ihr harmlos die Hand: »Freue mich, Baby, daß Sie gut angekommen sind. Wollen erst das Gepäck zum Lift schaffen und dann weitersehen.«

II.

Marylin mietete bei der Witwe Perkins im achten Stock das drittletzte von sechs kleinen Zimmern, die an einem langen, dunklen Gang lagen.

Philip stand dabei, während die kurze Unterhaltung über den Preis, über das Frühstück und die Badezeit geführt wurde.

Mrs. Perkins sah, daß die beiden soeben erst in New York angekommen waren. Als alles erledigt war, hätte sie ein zweites Zimmer gern an Philip vermietet, aber Philip quartierte sich drei Stockwerke tiefer ein.

Nach einer Viertelstunde kam er zu Marylin herauf. Sie hatte nur ihre kleine Handtasche mit den Toilettetaschen geöffnet, sie rief »Herein!« und stand wie wartend aufrecht da, die Hand nachlässig auf die Tischplatte gestützt.

Sie fragte Philip nicht: »Warum sind Sie mir nachgereist?« oder: »Wie haben Sie es angestellt?« Sie sagte auch nicht: »Eines Tages werde ich doch wieder fortsein.«

Philip fragte nicht: »Warum laufen Sie so hartnäckig vor mir davon?«, er forschte nicht: »Haben Sie einen anderen gern?« oder: »Was steckt hinter alledem?«

Philip machte ein paar Schritte auf Marylin zu. Die kleine Hand auf der Tischplatte paßte nicht zu dem schmalen Gelenk, sie war eine volle, rundliche Hinterhand mit zwei Grübchen auf dem Rücken.

Philip sah von der Kinderhand aufwärts in Marylins Augen, die geweint hatten. Sein stummer Blick sagte: »Hab' keine Angst, Baby!« Und: »Später einmal, aber nur, wenn du es ebenso wollen wirst wie ich, werden wir eine kleine Wohnung haben, und wir werden Kinder haben, und dann werden wir die Wohnung gegen eine größere wechseln, in einer besseren Gegend, und dann das gleich noch zwei- oder dreimal, so oft ich es eben dahin bringen werde, daß wir einen Schritt höher klettern.« Alles das sprach aus seinem zuversichtlichen Blick.

Wenn ein zum Tode Verurteilter in seiner letzten Minute den Henker anschaute, sein Blick wäre dem Marylins ähnlich, der zu fragen schien: »Warum ist es gerade dieser? Ich hab' ihm doch nichts getan.«

Dann sprach Philip das erste Wort: »Ich werde hier bleiben, Miß Palmer, in New York und bei Ihnen. Aber ich werde Sie nicht quälen. Ich werde warten, bis wir einig sind. Sind Sie damit einverstanden?«

Sie zögerte nur ganz kurz, dann nickte sie mit dem Kopf.

Aber im nächsten Moment wandte sie sich ab und begann wild zu schluchzen. Philip sah das Zucken, das ihren Körper durchschüttelte; zuletzt hob und senkte sich nur noch der Rücken, dann wurde sie ruhig.

*

Philip blickte auf die Uhr. Sie waren am späten Nachmittag angekommen, jetzt war es dunkel geworden. Er zog an der kleinen Kette des Beleuchtungskörpers, der von der Decke herabhing, und es wurde hell. »Sie waren während der Reise nur ein einziges Mal im Speisewagen, Miß Palmer, Sie müssen was essen. Ich denke, wir wollen hinuntergehen.«

In dem kleinen Restaurant sprachen sie so wenig wie Leute, die seit langer Zeit täglich um die gleiche Stunde miteinander die Mahlzeit einnehmen und sich nach einem ereignislosen Tag nichts zu erzählen haben. Sie saßen am Ende eines langen Tisches einander gegenüber;

mitten im Essen mußten beide zu gleicher Zeit lachen, aus Müdigkeit, aus Erregung oder weil sie von der Selbstverständlichkeit, mit der sie hier saßen, überrascht waren, vielleicht auch in einem Wohlgefühl, ähnlich jenem, mit dem man nach einer Seefahrt die erste Mahlzeit am Lande einnimmt.

Als sie fertig waren, griff Philip nach den beiden kleinen Rechenzetteln, die die Kellnerin neben ihre Teller gelegt hatte. Marylin wehrte sich gegen seine Absicht, mit beiden Zetteln zur Kasse zu gehen und zu zahlen. Aber Philip erklärte: »Von morgen an wird jeder das seinige erledigen. Heute müssen Sie es mir schon erlauben, heute sind Sie mein Gast, Miß Palmer. Denn Sie sind ja meinetwegen und mit mir hierher gereist.« Da lachten beide noch einmal und Philip durfte zahlen.

Die große Seidenstrumpffabrik von Indianapolis im Staate Indiana hatte auch in New York ein Verkaufsbureau. Freilich hatte Marylin, als sie in Cleveland, durch Philips Brief aufgeschreckt, die Stellung so plötzlich verließ, nicht daran gedacht, sich ein paar Zeilen an den New Yorker Manager mitgeben zu lassen; sie hätte es auch nicht gewagt, da sie so plötzlich fortging, daß sie nicht einmal das Ende der Woche abwartete.

Während sie hinter der Barriere stand, sah Marylin, daß sich hier alles genau so abspielte, wie sie es von Chicago und Cleveland her kannte. Die Bestellungen der Kaufleute und Privatkunden wurden auf Formulare übertragen, mit Rubriken für die Sorten und für die Größen, für die Anzahl der bestellten Paare und für die Farben, die ihr alle geläufig waren: Malve, Melone, Rosagrau, Champagne, Mondschein und Atmosphere. Es wurden ebensoviele Blätter Carbonpapier zwischen die Formulare gelegt wie in Chicago und Cleveland, sie hielten auch hier bei der

»Fünften Jahres-Rabatt-Offerte«, die dem Käufer progressiv immer mehr Freipaare gewährte, je größer sein Auftrag war.

Daß Marylin alles das wiedersah, steigerte ihre Sicherheit für die Unterhaltung mit dem Manager. Als sie hineingerufen wurde, begann sie sofort: »Ich bin erst gestern abend in New York angekommen, ich habe schon in anderen Bureaus der Real Silk gearbeitet und kenne die ganze Organisation, alles, auch die ›Fünfte Jahres-Rabatt-Offerte‹. Ich bleibe jetzt ständig in New York. Wenn Sie mich brauchen könnten, würde ich gern schon am Montag anfangen.«

»Kommt mir ganz gelegen«, sagte der Manager, der ihre Angaben sofort als zuverlässig erkannte. »Wieviel haben Sie ...«

»In Cleveland.«

»... in Cleveland pro Woche bekommen?«

»Fünfundzwanzig Dollar.«

»Also gut, das gleiche. Und – seit wann sind Sie aus dem Clevelander Bureau fort?«

»Erst seit Mittwoch, Sir. Ich – mußte plötzlich von Cleveland weg.«

»Hm – warum? Ich hoffe, es ist ...«

»Nein, es hat nichts Unangenehmes gegeben. Es ist nur – es ist jemand hier in New York, der mich heiraten will und deshalb ... aber bis dahin wird's noch eine gute Weile dauern, ja.«

»Also, am Montag früh, das ist ja schon übermorgen. Vergessen Sie nicht, draußen Ihren Namen und Ihre Adresse anzugeben. Wiedersehen.«

Sonntag vormittags kam Philip in Marylins Zimmer, die beiden wollten zur Kirche gehen. Da sie fremd waren, erkundigten sie sich bei Mrs. Perkins, die ihnen ihre Kirche nannte.

Es war ein kleiner romantischer Bau; der Geistliche, ein junger Mensch, predigte über den Herbst als die Zeit der Ernte und Erfüllung. Die beiden waren von der Predigt wenig befriedigt, weil sie schwunglos war und ohne Beziehung zu den Dingen des Lebens. In Chicago, meinten sie, gab es bessere Prediger.

Dann gingen sie eine Weile planlos durch die Straßen. Nach einem leichten Lunch beschlossen sie, in die untere Stadt zu fahren, um von der Spitze der Landzunge Manhattan aus den Hafen zu sehen und auf dem Weg dorthin das Viertel von Wall Street.

*

Sie nahmen die Tramway, die den Broadway entlang geht. Sie wunderten sich, daß sie die einzigen Passagiere im Wagen waren. Was taten denn die Millionen New Yorker um diese Zeit, um die Mittagsstunde eines sonnigen Herbsttages? Wo waren sie denn? Warum sah man so wenige Menschen auf der Straße?

Je niedriger die Nummern an den Broadway-Häusern wurden, umso stiller war es. An der Trinitaskirche stiegen sie aus und bogen in die Wall Street ein, und dann in die Broad Street und dann in die Beeaver Street und spazierten so im Kreis herum. Überall waren sie die einzigen Menschen.

Sie gingen wie durch eine tiefe, einsame Schlucht. Hoch über ihnen hing mit gezackten Rändern ein Streif des klarblauen New Yorker Himmels. Auf der einen Seite waren die obersten Stockwerke der Riesenhäuser von der Mittagssonne grell beschienen, alles andere lag in tiefgrauem Schatten. Die Asphaltsohle der Schlucht war kühl.

Sie hatten unwillkürlich das Trottoir verlassen, gingen mitten auf dem Straßendamm. Nirgends, nirgends ein Mensch zu sehen. Ihre Schritte hallten durch die Stille.

Marylin dachte an einen Ausflug ins Gebirge, den sie einmal gemacht hatte, als sie noch im Westen war. Damals war sie auch durch eine Schlucht gegangen, von der vorher viel gesprochen wurde als von dem schönsten und seltsamsten Teil der Partie. Dort war's ebenso frostig, aber man ging über moosbewachsene Steine, die steilen Seitenwände waren zerklüfteter Fels, oben lief zwischen Stein und Himmel ein grüner Saum entlang. Hier war's unheimlicher.

Philip sagte: »Das ist Wall Street. Hier haben sich gestern mittag die Menschen gedrängt, so daß man nur mühsam vorwärts kam, und morgen früh wird's wieder so sein. Wir hätten vielleicht nicht am Sonntag hierherkommen sollen. Man glaubt kaum, daß in diesen toten Häusern die größten Banken der Welt ihren Sitz haben. Nicht wahr, Miß Palmer?«

Dann fanden sie den Ausweg aus dem steinernen Irrgarten, gelangten zum Battery Park, besichtigten im Vorübergehen das Aquarium und saßen am Ende eine Stunde lang auf einer Bank vorn am Wasser.

Philip sagte: »Eines Tages werden wir hier besser Bescheid wissen. Unsere Kinder werden in dieser Stadt zu Hause, werden New Yorker sein.«

Marylin ging am nächsten Morgen ins Bureau der Real Silk, Philip suchte fast drei Wochen hindurch vergeblich eine Stellung.

Eines Mittags traf Philip auf dem Dach eines Omnibusses Charles Newton, der vor Jahren einmal mit Philips Schwester verlobt gewesen war und sich am Ende nicht ganz gut benommen hatte. Sie waren einander seit damals aus den Augen gekommen.

»Hallo, Philip, auch in der großen Stadt? Schon lange?«

»Noch ganz frisch. Noch auf der Suche nach einem Platz. Bin, weißt du, Architekt geworden, war zuletzt in Chicago.«

»Na und?«

»Scheint nicht ganz leicht, hier das zu finden, was ich suche.«

Newton überblickte sofort die Lage. »Muß es denn durchaus und gleich zu Beginn bei einem Architekten sein? Ich – bin in einem Hotel, Assistent des Managers, es ist ein großes Haus. Wenn du willst, spreche ich mal mit Edward Tylor. Du machst eine gute Figur, ich glaube, ich könnte es durchsetzen, wenn irgend was frei ist.«

»Du meinst, daß das klüger ist, als die Bureaus der Bauleute abzuklappern? Um dir die Wahrheit zu sagen: Es steigert nicht gerade die Courage, überall sich anzutragen und immerfort ›Nein‹ zu hören.«

Ein paar Tage später stand Philip früh um 8 Uhr hinter dem Empfangstisch des Prince Albert Hotels. Er hatte sein schwarzes Jacket und das gestreifte Beinkleid an, er tat vorläufig nichts, aber es sah aus, als hätte er immer hier gestanden.

Nach einer halben Stunde führte Newton ihn an den Posttisch, an dem die Gäste ihre Zimmerschlüssel abgaben und ihre Briefe verlangten. Hier blieb Philip. Newton, der hinter seiner dienstlichen Miene Gefälligkeit und tätige Freundschaft verbarg, kam hin und wieder, die Hände auf dem Rücken, vorüber; gegen Mittag warf auch Tylor einen Blick auf den neuen Mann.

Es ging nicht übel, Philips gute Manieren bewährten sich, es machte ihm auch Spaß, die Promenade der Gäste an sich vorüberziehen zu sehen, immer bereit zu sein und auf lässige und hastige Fragen gleichmäßig flott zu antworten.

Von dem Fünfzig-Dollar-Wochenlohn war Philip freilich weit entfernt. Aber er brauchte, da er eine Mahlzeit im Hause bekam, nicht länger vom Ersparten zu leben.

Marylin freute sich, als Philip ihr von Charles Newton und dem Posten im Prince Albert Hotel erzählte. Sie ertappte sich dabei, daß sie beim Anhören der endgültigen Nachricht einen tiefen Atemzug tat, wie von einer Last befreit. Ja, jetzt, da sie auf diese drei Wochen der Unsicherheit zurückschaute, konnte sie sich's nicht verhehlen: Philips vergebliche Wege hatten ihr Sorge bereitet.

Als sie eines Abends in ihrem Zimmer saß, trat ihr das Erlebnis mit Philip zum erstenmal als ein Ganzes ins Bewußtsein. Ein Fremder verfolgt sie, anfangs ohne daß sie es merkt, dann spricht er zu ihr. Er verfolgt sie nicht nur von einem Straßenblock zum andern, nein, in fremde Städte über Hunderte von Eisenbahnmeilen hinweg. Dann legt er die Hand auf ihre Schulter, wie einer, der den Ausweis in der Tasche hat.

Sie hat vergeblich darum gekämpft, ihr Leben für sich allein zu führen, jedem einen Einblick verwehrend, und sei es auch um den Preis eines Opfers an Lebensglück.

War Philip für sie etwas wie Glück? Oder war nicht schon daß sie ihm Macht über sich einräumte, Beginn unabwendbaren Unglücks?

Sie war allein, als das alles langsam durch ihren von der Tagesarbeit ermüdeten Kopf rann.

Glück? Unglück? – sie neigte den Kopf zur Seite, Mund und Augen schienen zu lächeln. Sie gab sich dem Bewußtsein hin, daß einer, der nicht der schlechteste war, um sie warb, daß es aussah, als wollte er nie fortgehen.

Am Ende sank ihr Kopf kraftlos abwärts, so daß ein Teil ihres kurzen Haares, auch jener blonde Streif, nach vorn fiel. Sie hatte aufgehört zu denken, sie war fast ohne Bewußtsein ihrer selbst.

Plötzlich und ohne Anlaß fuhr sie in die Höhe.

Sie stand da, trotzig, mit einer harten, senkrechten Falte auf der Stirn, die Finger zusammengekrampft, ein Bild ekstatischer Abwehr; der Schaukelstuhl hinter ihr machte, als erhole er sich allmählich von einem Schrekken, noch ein paar letzte Bewegungen, bis er zur Ruhe kam.

So schwankte Marylin von der Schwäche und Hingabe zu Trotz und Auflehnung.

Niemand sah diesen Kampf, am sorgfältigsten wurde er vor Philip verborgen.

*

Philips Dienststunden im Prince Albert waren nicht immer die gleichen. Bisweilen hatte er früh um sieben Uhr da zu sein und war von drei Uhr ab frei, an anderen Tagen trat er um drei Uhr nachmittags an, dann waren seine acht Stunden erst am Abend um elf Uhr vorüber.

Als er sich ans Mechanische der Arbeit und an die ständige Sprungbereitschaft gewöhnt hatte, begannen die zwölfhundert Brieffächer, an denen er hantierte, für ihn mehr zu sein als tote Rechtecke aus Glas und Holz.

Der Gast exponierte sich dem Mann am Posttisch nur ein- oder zweimal während der täglichen Dienstzeit, aber mancher ließ trotzdem ein Erinnerungsbild zurück. Mitten in der Platte des Tisches befand sich ein Schlitz, in den, wer sein Zimmer verließ, den Schlüssel warf; aus der Schublade unterhalb der Öffnung wurden die Schlüssel dann nach ihren Nummern sortiert und an die kleinen Haken verteilt, die in jedem der zwölfhundert Brieffächer angebracht waren.

Morgens kamen zuerst die Frühaufsteher, waren frisch, zeigten heitere Mienen, warfen mit leichter Handbewegung den Schlüssel zum Schlitz. Die sich nur schwer entschließen konnten, dem Tag ins Auge zu sehen, mühsam und spät aufstanden, neigten eher zu übler Laune, manche sogar zu Melancholie.

Freilich gab es Ausnahmen. 615, der täglich seine Post persönlich zu einem der Frühzüge schaffen mußte, erfüllte die Pflicht unwillig und gegen seine Natur. 712, vollblütig und korpulent, war ein heiterer Langschläfer.

580 lieferte nie seinen Schlüssel ab, trug ihn, auch wenn er ausging, bei sich, was mancherlei Mißverständnisse schuf und oft Anlaß war zu unnötigen Liftfahrten der kleinen farbigen Grooms. Die Tochter von 1113 bekam täglich mit der zweiten Post einen Brief ihres Liebsten, sie lauerte am rückwärtigen Eingang dem Postboten auf und störte dann das Geschäft des Sortierens. Der Deutsche von 411 kam mit einer Geste zum Tisch, als wäre er der einzige, der nach Briefen fragte; einmal, als er das Fach leer fand, herrschte er Philip an: »Wieso ist nichts da? Gestern abend ist der Dampfer gekommen. Ich weiß genau, wann die Dampfer kommen, jawohl.«

Philip sah das alles nicht aus Freude an der Vielfältigkeit der Gesichter und Charaktere, sondern übte, als wäre es ein Sport, sein Gedächtnis. Jedem, der drei Tage im Haus war, ersparte er's, die Zimmernummer zu nennen, griff unfehlbar ins richtige Fach und gab ungefragt Bescheid. Tylor sah dieser Praxis befriedigt zu, Newton augenzwinkernd und beinahe mit Stolz.

Rechts vom Posttisch, auf einer eingebauten Holzbank, lümmelten die farbigen Grooms, balgten sich, wenn alle sechs da waren, um die Sitzgelegenheit, denn die Bank bot nur dreien Platz, höchstens vieren, wenn sie sich sehr zwängten. Aber wenn der Knirps Teddy, der beinahe so breit war wie hoch, Dienst hatte, dann nützte das Zwängen nichts, dann gingen um keinen Preis vier auf die Bank.

So träge und langsam die Jungen in ihrer Ruhezeit waren, so flink waren sie auf den Beinen, sobald ein Gast oder ein Angestellter des Hotels sie rief. Philip mußte oft über die staunenswerte Wirkung seines Winks lachen, wenn er ein Zeichen gab und wenn dann, wie aus der Schachtel gesprungen, einer der Kleinen jenseits des Tisches stramm stand in der enganliegenden Uniform mit den glänzenden Kugelknöpfen vom Kinn bis zum Nabel.

Aber blind und taub gegen alles Winken und Rufen von irgendwoher waren die Jungen, sobald Bill Patterson sich in der Halle zeigte, der große Negerboxer, der seit acht Tagen im Prince Albert wohnte.

Natürlich nahm Tylor sonst keinen Schwarzen im Haus auf, aber Bill Patterson – das war eine andere Sache. Bill war zu Ende des letzten Winters aus Milwaukee zu einem Match mit Benjamin Foster nach New York gekommen, hatte Foster in der ersten Runde besiegt und kurz darauf fast ebenso spielend leicht Sam Chase.

Foster und Chase waren aussichtsreiche Anwärter auf die Mittelgewichtsmeisterschaft; der Stil, in dem Bill Patterson beide hingelegt hatte, machte ihn schnell zum Helden.

Bill war eine Attraktion für das Prince Albert. Überdies war er ein Mann von Erziehung, er hatte Hampton besucht und trotz seiner vierundzwanzig Jahre die medizinischen Kurse an der Howard-Universität in Washington absolviert. Bill war der bestgekleidete unter allen Gästen des Hauses, die Anzüge, die sein Athletenkörper trug, stammten aus der Werkstatt eines ersten Londoner Schneiders.

Um Patterson und die Nummer seines Zimmers dem Gedächtnis einzuprägen, bedurfte es für Philip natürlich keinerlei Mühe. Wie alle Angestellten des Hauses wandte er ihm besonderes Interesse zu, und er suchte, so oft Bill an den Posttisch kam, die Chance, ein paar Worte mit ihm zu reden.

»Wie geht's, Mr. Patterson?«

»O, danke, alles in Ordnung.« Patterson antwortete von dem Telegramm aufblickend, das er soeben geöffnet hatte.

»Wann wird denn die Sache mit dem Holländer sein? Will natürlich hingehen.«

Bill zog die ohne Schneiderkunst breiten Schultern hoch: »Keine Ahnung, Sir. Brown, mein Manager, kabelt mir gerade, er hofft, in der letzten Januarwoche.« Dann schob er das zusammengefaltete Telegramm in die Seitentasche seines Sakkos, nickte und ging nach dem Frühstücksraum.

Keiner der sechs Grooms war fort, alle waren zur Stelle. Aber die Bank in der Nische war leer.

Wenn Philip Frühdienst hatte, holte er manchmal Marylin aus dem Real-Silk-Office ab. Es lag am mittleren Broadway auf der Höhe der Vierziger Straßen.

Der Winter hatte mit einem mächtigen Schneesturm eingesetzt. Er hatte Gebirgszüge von Wolken aus Nord-Nordwest zur Atlantischen Küste getrieben, und nun schneite es schon drei Tage und drei Nächte. Wenn in den Abendstunden dem Straßenpassanten am Broadway der Gedanke kam, aufwärts zu blicken, sah er durch einen dichten weißen Schleier hoch oben die Lichtreklamen nur als einen magisch bewegten Schein: Unklar umrissene helle Flecken tauchten auf und verschwanden, drehten sich im Kreis, wuchsen von links nach rechts in der Richtung der schreibenden Hand, verloschen dann und kamen wieder. Unten schob sich an den Häuserfronten entlang eine niedrige schwarze Mauer: New York auf dem Heimweg nach der täglichen Arbeit an Schreibmaschinen, Geschäftsbüchern und Kartotheken. Der Schnee auf dem Pflaster machte den Schritt unhörbar, vom Straßendamm her kamen Hupen, das Klingeln der Tramway und ungeduldige Rufe.

*

Philip erwartete Marylin im Haustor am Lift. Er trug ein kleines Paket, er wollte in seinem Zimmer zu Abend essen und dann auf ein Glas Tee zu Marylin kommen. Marylin aß um sieben, also verabredeten sie sich für acht.

Philip brachte ein paar Orangen mit, und für Marylin, die es gern hatte, ein paar Stück Konfekt und Schokolade.

Er zog eine Zigarettenschachtel hervor: »Darf ich?«

»Natürlich. O, Melachrino? – Dann will ich auch eine haben.«

»Sie rauchen?«

»Ja, manchmal. Das wußten Sie nicht?«

Sie sahen sich fast täglich, jeder wußte immer, was der andere tat, und doch wurde ihnen oft die unnatürliche Fremdheit klar, die zwischen ihnen herrschte.

Marylin kannte den Westen und den Mittelwesten, ihr war eine neue Stadt nicht so sehr ein großes Ereignis wie für Philip. Aber bei allem Neuen, das er sah, vergaß Philip an keinem Tag, was ihn nach New York geführt hatte. Er sprach fast nie zu Marylin darüber. Er wußte, daß es auch in ihr fortlebte. Er wollte warten, ohne ungeduldig zu werden, er schwieg, so viel Beherrschung es ihn auch manchmal kostete.

Das kleine Zimmer war überheizt, in Abständen pochte es in den Rohren, den Heizer im Keller hatten die Schneemassen wohl verführt, mehr zu tun, als nötig war.

Da saßen sie an einem Winterabend bei Tee und Früchten und Näschereien in diesem sehr kleinen Zimmer und rauchten jeder seine Zigarette.

Vielleicht sprachen sie so wenig, weil beide die Nähe der Gefahr spürten.

Marylin begann eine Orange zu öffnen. Dann hörte sie mittendrin auf.

»Was war im Bureau?«, unterbrach Philip das Schweigen.

»Nichts. Und im Hotel?«

»Auch nichts.«

Marylin war wieder mit der Orange beschäftigt. Sie hielt die Zigarette im Mundwinkel und bog den Kopf zurück, um den Rauch von den Augen fernzuhalten.

Philip war unvermittelt aufgestanden, war von seinem Platze nach der Zimmerecke gegangen, aber war doch nur drei oder vier Schritte von Marylin entfernt.

Er streifte mit beiden Händen über sein nach hinten gekämmtes Haar und sagte scheinbar sehr ruhig: »Ich weiß nicht – ich weiß nicht, ob es noch lange so gehen wird.«

Keine Antwort.

Marylins Finger, die die Orange teilen wollten, tasteten unsicher um die Frucht. Dann fiel ihre Zigarette zu Boden auf den Teppich. Sie bückte sich, Philip sprang gleichzeitig heran und war eher am Ziel.

Er kniete vor ihr. Marylin sah über ihn hinweg ins Leere, sie spürte zwei Hände auf ihren Knien.

Sie fühlte, daß sie zu zittern begann, schnellte in die Höhe. Philip stand neben ihr, ganz nahe neben ihr.

Da legte er seinen Arm um ihre Schultern und preßte sie, die keinen Widerstand leistete, an sich.

Seine Hand glitt über ihren Rücken abwärts zur schlanken Hüfte. Er spürte den Duft dieses Körpers, dem er zum erstenmal so nahe war. Ein neuer, fremdartiger, süßer Duft, er zog ihn zögernd, aber gierig ein.

Er suchte ihre Lippen, dann ergriff er ihre Hände, küßte beide närrisch auf Rücken und Innenflächen, drückte ihre Finger gegen seine Stirn und stürzte ohne Hut aus dem heißen Zimmer.

III.

Newton verließ das Hotel wie gewöhnlich, nachmittags um fünf Uhr.

Es gab immer noch ein paar kleine Hindernisse, bevor er wirklich fort konnte. Irgendein Gast verlangte eine Auskunft, wenn er schon in Hut und Mantel durch die Halle ging, einer besonders anspruchsvollen Dame waren ein paar freundliche Worte zu sagen oder einem der Beamten ein Auftrag zu erteilen.

Als er endlich durch die große Drehtür auf die Straße gelangte und schon ein paar Schritte gegangen war, rief es hinter ihm her: »Hallo, Charlie! Wart' einen Moment! Hab' mit dir zu reden.« Es war Philip.

»Wieso bist du noch da? Ich denke, du warst um drei Uhr frei.«

»Hab' auf dich gewartet. Es ist wichtig.«

Newton im Dienst war ein anderer als jener Charlie, den Philip auf dem Omnibusdach getroffen hatte. Das wußte Philip, deshalb hatte er gewartet. Newton hinter seinem Pult oder Newton, wenn er, die Hände auf dem Rücken gefaltet, inspizierend über den breiten Teppichläufer des Hotels ging, hatte immer ein paar würdige Falten auf der Stirn; draußen war er trotz seiner sechsunddreißig bei keinem Streich ein Spielverderber.«

»Was ist los, Philip?«

»Denk' nicht, daß ich undankbar bin. Ich weiß, wie nett du dich gegen mich benommen hast, aber ich muß aus dem Prince Albert fort!«

Newton warf den Kopf zur Seite und sah ihn scharf an: »Was ist geschehen?«

»Nichts, wirklich nichts. Aber ich muß mir einen Posten suchen, auf dem ich mehr Geld verdiene.«

Newton zögerte keinen Augenblick: »Also ein Mädel?«

»Ja. Ich bin ihretwegen nach New York gekommen, hab' ihretwegen meinen alten Platz verlassen.«

»Irgend so was hab' ich mir gedacht. Aber warum – ?«

»Wir wollen heiraten.«

»Dafür ist es natürlich zu wenig.«

»Sie verdient zwar ebensoviel wie ich –«

»Na also. Dann muß es doch gehen.«

»Nein, es geht nicht. Ich hab' in Chicago fünfzig gehabt, und jetzt habe ich genau die Hälfte.«

»Versteh' ich nicht.«

*

»Ich will nicht so anfangen, daß wir beide das gleiche mitbringen. Vielleicht könnt' ich es, wenn ich nie mehr gehabt hätte als jetzt. Aber ich muß wieder dorthin kommen, wo ich war; vorher heirate ich nicht. Und ich will sobald wie möglich heiraten.«

»Merkwürdig.« Dabei schob Newton seinen Arm unter den Philips. »Warum bist du eigentlich noch nie bei mir zu Hause gewesen? Komm' heute mit, wir wollen zusammen essen, dabei können wir alles in Ruhe durchsprechen.«

Newton hatte eine Zweizimmerwohnung in einer der Seitenstraßen von Central Park West. Philip mußte die Wohnung besichtigen, dann ging, als sie kaum ein paar Minuten im Wohnzimmer saßen, draußen im Vorraum das Schloß.

Newton stellte vor: »Das ist Philip Garrett, von dem ich dir schon erzählt habe, und das ist Mademoiselle Odette Liottard. Gebt euch die Hände.«

Als Odette Philips Hand sehr kräftig schüttelte, geriet unter dem enganliegenden Crepe de Chine ihr etwas üppiger Oberkörper in eine mitschwingende Bewegung. Sie hatte pfiffige dunkle Augen, die immer zu lachen schienen, auch wenn es der Mund nicht tat, und sprach fließend englisch, aber mit dem unausrottbaren Akzent der Französin. Sie warf ihren Hut ab, schüttelte ihr braunes Haar und strich es dann mit einer raschen Bewegung der Hände glatt.

»Sicher hat er nie etwas von mir erzählt. Alle seine Freunde, die er heraufbringt, machen beim erstenmal ein erstauntes Gesicht wie Sie.«

»Wie lange dauert's bis zum Essen? Und wird genug für uns drei da sein?«, fragte Newton.

»Ihr werdet nicht verhungern, aber eine kleine halbe Stunde müßt ihr warten.«

Als sie in die Küche hinausging und Philips Gesichtsmuskeln sich nicht mehr anstrengten, Verlegenheit und Erstaunen zu verbergen, stellte Newton sich breitbeinig, die Hände in den Hosentaschen, vor ihn hin und sagte einfach: »Ja.« Und dann noch einmal: »Ja, mein Junge.«

»Und – wann werdet ihr heiraten?«

»Wir denken gar nicht daran. Oder genauer: Wir sind uns darüber vollkommen einig, es für keinen Fall zu tun.«

Philip hatte von solchen Beziehungen natürlich schon oft gehört. Aber so oft wir auch die Abbildungen der Pyramiden von Gizeh oder des Woolworth-Hauses gesehen haben, es ist doch etwas ganz anderes, wenn wir das erstemal wirklich davorstehen.

»Ich hab' dich nicht etwa hierher mitgenommen, um dich durch Anschauungsunterricht zu kurieren. Ich hab' nur auf der Straße vor dem Hotel plötzlich gespürt, wie wenig wir voneinander wissen. Du mußt öfter zu uns kommen und mußt auch mal das Mädel mitbringen – wie heißt sie denn?«

Odette kam herein, sie hatte eine kleine weiße Schürze umgebunden und begann den Tisch zu decken. Zwischendurch verschwand sie im Schlafzimmer, man hörte das Geräusch einer Feder, die gespannt wurde, und als sie wieder ins Zimmer trat, einen Shimmy. Pünktlich nach einer halben Stunde stand das Dinner auf dem Tisch mit einer buntfarbigen Mosaiktorte für den Nachtisch.

Nach dem Essen fragte Odette, ob Philip tanze. »Charlie ist Nichttänzer, das ist beinahe sein einziger Fehler.« Philip hatte seit langem nicht getanzt, aber sie schoben doch den Tisch und die Stühle beiseite, rollten den Teppich zusammen und legten eine neue Platte aufs Grammophon.

Als das Stück zu Ende war und sie nur noch das Kratzen der Nadel hörten, lief Newton hinaus, um die Maschine abzustellen.

Philip zog sein Taschentuch, fuhr sich über die Stirn und sagte: »Sie tanzen ganz anders als die Mädels in Chicago, Miß –.«

»Natürlich haben Sie meinen Namen nicht verstanden. Odette Liottard. Aber Liottard könnt ihr euch weder merken noch könnt ihr's aussprechen. Sagen Sie ruhig Odette zu mir, alle tun es.« Newton war wieder eingetreten. »Du Charlie, er sagt, ich tanze anders als die Mädels in Chicago.«

Newton lachte: »Aber in Paris tanzen alle wie Odette.«

Philip hörte noch, daß Charles während der Zeit, in der sie sich nicht gesehen hatten, drei Jahre hindurch in Paris war, und zwar als Direktor eines kleinen Hotels hinter der Madeleine, und daß Odette von drüben mit ihm hierher gekommen sei. Dann verabredeten sie, in der nächsten Woche zu dem Boxabend zu gehen, an dem Bill Patterson seine Sache mit Jan Aeken erledigen sollte. Dann ging Philip.

Erst als er gegen elf Uhr vor seinem Haus stand, fiel ihm ein, daß er während des ganzen Abends mit Newton kein Wort darüber gesprochen hatte, wie er sein Einkommen steigern könnte.

»Aber es interessiert mich wirklich nicht! Ich habe beinahe – Furcht.«

»Es ist doch nichts besonderes. Tausende finden es interessant, und du hast Furcht. Mach' mir doch die Freude, mitzukommen.«

»Bitte, bitte, geh' allein hin und lass' mich zu Hause.«

»Es ist verabredet, Linnie, daß wir nachher alle essen gehen. Ich hab' versprochen, dich mitzubringen.«

»Sagt mir, wohin ihr gehen wollt, ich kann ja nachkommen.«

»Das wäre ungezogen gegen die anderen. Charlie hat schon die Karten, vier ausgezeichnete Sitze. Patterson hat sie uns gegeben, für Charlie, für mich und für unsere Frauen, hat er gesagt.«

»Lass' mich doch zu Hause bleiben, Phil! Sei doch nicht eigensinnig.«

Philip stampfte mit dem Fuß: »Du tust nichts, was mir Freude macht, redest nur dummes Zeug!«

Marylin in ihrem Schaukelstuhl schrak zusammen.

*

Philip bedauerte das Wort schon im nächsten Augenblick. Marylin war aufgestanden und sah ihn mit einem verwunderten Blick an, ihr Mund war halb offen, ihre Arme pendelten leise. Sie hatte ihr ärmelloses Hauskleid an. Philip dachte an Madison Street in Chicago und an die menschenleeren Straßen draußen im Nordwesten, durch die er ihr im Sommer täglich gefolgt war. Er dachte an den kleinen Laden, an die Fahrt nach Cleveland und daran, daß er ihretwegen nach New York gekommen war.

Er wurde schnell wieder ruhig: »Wir streiten wegen eines Boxabends, Linnie. Muß das sein?«

»Großartige Plätze!«, konstatierte Odette, »ich bin schon jetzt furchtbar aufgeregt.«

Bill Patterson hatte ihnen eine Loge für vier Personen geschickt. Newton saß hinter Marylin, Philip hinter Odette.

Marylin gewöhnte sich nur allmählich an das Halbdunkel der riesigen Halle. Als spräche sie zu sich selbst, zeigte sie nach unten auf den grell beleuchteten Ring: »Und dort unten werden sie kämpfen?«

Philip lachte über ihre Naivität. »Wo sonst, Linnie, dachtest du, daß sie boxen werden?«

Die beiden ersten Kämpfe waren nur zu Ausfüllung des Programms angesetzt. Viele Logen waren noch leer, die Kenner kamen erst zum dritten Kampf, der die große Sache des Abends war.

Vor dem Pattersen-Aeken-Match gab's eine längere Pause. Newton beugte sich zu Marylin vor: »Es hat Sie aber doch interessiert, Miß Palmer. Ich habe Sie genau beobachtet, Sie haben keinen Blick von den Kerls weggewendet.«

»Nein, Mr. Newton, Sie irren sich. Ich – ich finde es schrecklich. Ich habe schon zu Phil gesagt ... aber er meinte, Sie werden es übelnehmen ... am liebsten möchte ich noch jetzt ...«

Odette hörte kein Wort von dem, was irgendwer neben ihr redete. Sie unterbrach Marylin mitten im Satz: »Patterson ist ungeheuer populär!«

Ein dicker Herr in der Nebenloge wischte sich den Schweiß von der Glatze: »Na, das glaub' ich! Riesenkarriere! Und der Junge fängt doch erst an.«

Philip musterte den obersten Rang, in dem sein Arm das Scheinwerferlicht abblendete und über die Hand hinweg in die Höhe sah: »Dort oben wimmelt's von Schwarzen.«

»Ich bin erstaunt,« lachte Newton, »daß bei uns im Hotel heute überhaupt ein Lift verkehrt und daß von den kleinen Bengels auch nur ein einziger Dienst tut. Sie waren alle vollkommen außer Rand und Band.«

»Großer Tag heute für die schwarze Bande«, bekräftigte die Nebenloge.

Odette kreischte plötzlich »Mon Dieu!«. Sie hatte bemerkt, daß das hohe Gestell eines Filmoperateurs sich langsam zur Seite neigte. Jetzt fiel der ganze Aufbau mit dem Mann klirrend in den Ring. Ein höhnisches Johlen ging durch die Halle. Komiteeherren stiegen wichtigtuend in den Ring, hinter ihnen ein paar Diener, der Boden wurde sorgfältig nach Glassplittern abgesucht.

Newton war ordentlich stolz: »Du hast es zuerst gesehen, Liebling.«

Hinter den Logen ging mit hochgeschlagenem Rockkragen, den grauen steifen Hut im Genick, ein Schwarzer entlang und bot Wetten auf den Holländer an. Er wurde ausgelacht und amüsierte sich schließlich selbst darüber, daß niemand etwas von seinem Propos wissen wollte.

»Bill ist todsicher«, strahlte Philip. »Wenn einer was kann, ist es ganz gleich, ob er weiß ist oder schokoladebraun.«

Die Nebenloge ergänzte: »Die Meisterschaft im Schnelllauf über zweihundert Yard hält schon seit fast zwei Jahren ein Indianer.«

Mademoiselle Liottard pflanzte das Banner der Menschenrechte auf: »Ach, ihr macht überhaupt zu viel mit dem bißchen Hautfarbe her. Und daß sie stinken, ist gar nicht wahr.«

»Woher weißt du das so genau, Liebling?«, warf Newton herüber und bekam einen Klaps mit dem Papierfächer, den er ihr am Eingang gekauft hatte.

Jan Aeken kämpfte zum erstenmal in Amerika. Er war für seine Klasse ungewöhnlich groß, der Trainer hatte seine Not, ihn auf dem Gewicht zu halten.

Die Hauptstädte Europas bestaunten die Länge seiner Arme, die er, wenn's nicht anders ging, so schwang, daß kein Gegner ihm nahekommen konnte. Auf den Plakaten war er als »Die Mühle von Utrecht« angekündigt.

Patterson ging sofort nach der Pfeife ganz nahe an den Holländer heran. Er hüllte ihn vom ersten Augenblick des Kampfes an in eine Unzahl so schneller Bewegungen, daß Aeken von seinen Armen keinen Gebrauch machen konnte. Es sah aus, als hätte Patterson ihm einen Sack über den Kopf geworfen und als spielte er nun mit dem verdutzten Gegner. Dieser Eindruck wurde dadurch noch verstärkt, daß der Schwarze, als er die Verblüffung des andern sah, selbstbewußt lachend seine weißen Zähne zeigte.

Hinter den Falten auf Aekens niedriger Stirn lauerte der wütende Wille, die erste Schwäche des Gegners auszunützen, die erste Öffnung im Maschenwerk seiner Finten zu durchschlagen.

Bill Patterson lachte, jeder Muskel seines dunklen Körpers schien mitzuspotten. Man konnte glauben, es werde so fortgehen bis morgen früh.

Kurz vor Schluß der Runde bekam Aeken für einen Augeblick den rechten Arm frei. Der Arm flog blitzschnell nach vorn wie der Kolben aus dem Zylinder einer Dampfmaschine.

Aber Bill hatte seinen eigenen Fehler bereits bemerkt und sprang flink zurück. Weit genug, um sich gegen den Stoß jedes andern Gegners in Sicherheit zu bringen, doch ohne richtige Schätzung für den Radius der gefürchteten Mühlenflügel. Ein Rest an Stoßkraft traf, als Bill schon glaubte, ihm könne nichts mehr geschehen, seine linke Schulter.

Er taumelte rückwärts bis zu den Seilen, glitt leicht aus und wäre beinahe gestürzt. In diesem Moment läutete die Glocke, die Runde war zu Ende.

*

Jetzt sitzt Bill in der Ecke auf seinem Stuhl. Er lacht nicht mehr. Er schaut, während seine Leute mit Tuch und Schwamm an ihm herumwischen, nach der anderen Ecke hinüber. Er ist neugierig, er will irgend etwas feststellen, jetzt hat er's: Aeckens Trainer hat den Arm seines Schützlings massiert, nun ist er damit fertig, nun hängt der Arm hinunter. Und Bill sieht, daß der Arm dieses Menschen, der dort drüben auf einem Stuhl sitzt, herabhängend bis zur Erde reicht.

Bill hatte Angaben über die Körpermaße seines Gegners in Fachblättern gelesen, aber die gedruckten Ziffern hatten nicht vermocht, ihm so deutliche Kenntnis zu vermitteln wie das Bild, das er jetzt über die Schulter seines Masseurs sah. Zwischen seinen Zähnen, die eben gelacht hatten, kam ein heiseres Wort hervor: »Affe!«

Da gab der Kampfleiter das Zeichen für den Beginn der zweiten Runde.

In der zweiten Runde tänzelte Bill vorsichtig in einem Kreise um den Holländer herum. Er reizte ihn, aber er blieb außer Reichweite. Als die Menge das sah, als sie zu verstehen begann, daß es ihm nicht gelungen war, wieder gleich zu Beginn an Aeken heranzukommen, und daß er nun auf jede Chance verzichtete, einen ernsthaften Hieb zu landen, da wurden zuerst einzelne Rufe und dann ein mehrtausendstimmiger Chor der Unzufriedenheit hörbar. Die Galerie der Farbigen schrie: »Ruhe!«

In der dritten Runde war Bill, noch bevor die Pfeife ganz verstummt war, dicht beim Holländer und produzierte bis zur Glocke das Spiel der raschen Bewegungen wie zu Beginn des Kampfes. Die Halle war über die Abwechslung amüsiert, ein Schwarzer rief laut in den Raum: »Er kann's, wie er will.«

In der vierten traf Bill mit einer Eleganz, die das Haus zu wildem Jubel hinriß, das Auge des Holländers. Das Auge trat sofort kugelrund aus der Höhle. In der fünften mußte Bill durch einen gewaltigen Linksschwinger, dem er wieder nur unvollkommen auswich, zu Boden, stand aber bei »Zwei« wieder auf den Beinen. In der sechsten war Aeken halb blind, Patterson drosch von der Seite, nach der der Gegner nicht sehen konnte, so lange auf ihn ein, bis er niederging und ausgezählt wurde.

Philip und Odette cheerten wie rasend, Marylin und Newton waren stiller.

Unten auf der Straße erklärte Philip, er müsse Patterson sehen und ihm die Hand drücken.

Newton rief ihm nach: »Sag' ihm, wie's auf den Karten unseres Hotels steht: ›Grüße vom Prince Albert Hotel‹.«

Es dauerte ziemlich lange, bis Philip zurückkam.

»Sie wollten mich nicht reinlassen, aber ich bin doch durchgekommen. Er lag splitternackt auf dem Bauch und bekam ein Pflaster auf den Rücken. Habt ihr bemerkt, daß er sich im Anfang an den Seilen wundgerieben hat? Ich hab's gar nicht gesehen. – Also er lag da, der Trainer hatte ihm erlaubt, eine Zigarette zu rauchen, die erste seit wer weiß wie lange. Ich hab' mich herangedrängt und hab' gesagt: ›Viele Grüße vom Prince Albert Hotel‹, und er hat geantwortet: ›Tausend Küsse an eure Frauen.‹ Das Wasser ist noch immer von ihm heruntergelaufen.«

Für Odette war die Schilderung nicht ausführlich genug: »Und nicht wahr, das mit dem Geruch ist gar nicht so schlimm?«

Philip beeilte sich zu bestätigen: »Wirklich nicht. Es ist natürlich etwas Besonderes an ihrem Geruch, aber ich kann nicht sagen, daß es mir unangenehm ist.«

Die Frauen gingen voran, Odette hängte sich in Marylins Arm: »Ein Prachtkerl, dieser Patterson! Haben Sie seine Schultern gesehen?« Dann schwiegen sie eine Weile.

Philip benutzte die Gelegenheit des Alleinseins mit Newton: »Wir haben vorige Woche, als ich bei dir war, nicht mehr davon gesprochen, womit wir auf der Straße angefangen hatten. Charlie, ich muß mir eine Stellung suchen, in der ich wieder auf meine Fünfzig komme oder wenigstens auf ungefähr so viel.«

»Bei uns ist das natürlich so schnell, wie du es dir wünscht, nicht möglich.«

»Ich will wieder an den Zeichentisch.«

»Übrigens, das Mädel ist reizend. Ein bißchen empfindsam, scheinbar noch ganz ungeweckt, mein Lieber. Wie alt ist sie denn?«

»Zwanzig vorüber.«

*

»Die wird noch ganz anders werden. Da, wie sie geht! Sicher war sie heute abend durch irgend etwas eingeschüchtert, sicher ist sie ein temperamentvolles, rassiges Ding.«

Philip hörte das erstemal einen Dritten über Marylin sprechen. Das, was Newton, den er für einen Kenner hielt, sagte, schmeichelte ihm und verscheuchte den Rest von Unmut, den Marylin während des Abends in ihm erregt hatte.

Als Odette mit Marylin im Strand-Theater einen Film ansah, erkannte sie das scheue Ding vom Abend des Boxmatchs kaum wieder. Es war ein komischer Film, Marylin lachte die zwei Stunden hindurch fast ununterbrochen. Sie spielte die Vorgänge, die sich auf der Leinwand zeigten, mit dem ganzen Körper mit, sie schlug, wenn ihr etwas gefiel, wie ein Kind die Hände gegeneinander und lachte bei jedem Trick so herzhaft, daß sie die Zuschauer ringsumher ansteckte.

Da war einer, der eine freistehende Leiter hinaufstieg, ohne jedoch höher zu kommen, so schnell sich seine Beine auch bewegten. Die Leiter schien unten in den Boden zu sinken, während von oben her immer neue Sprossen zuwuchsen. Und als er die Lust verlor und heruntersteigen wollte, verschwand die Leiter nach oben ins Nichts, unten gab der geheimnisvolle Boden alle Sprossen wieder von sich, die er vorher verschlungen hatte. So ging's, vergebliche Flucht nach oben und unten, minutenlang. Marylin lachte, bis ihr die Tränen aus den Augen liefen.

Als sie nachher miteinander Kaffee tranken, war sie noch immer nicht zur Ruhe gekommen und fragte Odette, die freilich keine Antwort geben konnte, fortwährend: »Wie ging denn das mit der Leiter zu? Wie haben sie das nur gemacht? Ich kann's mir gar nicht erklären.«

Dann spazierten sie den Broadway abwärts bis zur Kreuzung mit der Fünften, dort bogen sie nach links ab in Richtung auf Gramercy Park zu. Odette kam, ohne sehr dringend aufgefordert zu sein, mit Marylin in ihr Zimmer hinauf.

»Und wo wohnt Philip?«, fragte Odette.

»Unten, drei Stock tiefer.«

Odette war über das, was sie hörte und sah, nicht weniger erstaunt als Philip bei seinem ersten Besuch in Newtons Wohnung. »Ihr seid merkwürdige Kinder. Wirklich im selben Hause und drei Stockwerke tiefer?«

Sie überblickte prüfend den kleinen Raum, bei der Photographie über dem Toilettetisch machte sie halt. »Das ist der Papa?«

»Hm.«

»Wo lebt er?«

»Er ist tot, seit fünf Jahren.«

Marylin wartete die Fortsetzung des Examens nicht ab. »Von meiner Mammie hab' ich kein gutes Bild, sie ist auch schon tot, sie ist zehn Jahre vor dem Vater gestorben.«

»Aber – nein, wie ihr wohnt! Der eine im achten Stock, der andere im fünften! Ich finde es furchtbar komisch. Philip hat Charlie gesagt, ihr wollt erst heiraten, wenn er mindestens zweihundert im Monat verdient?«

»So, hat Philip das gesagt?«

Beim Abschied fiel Odette Marylin um den Hals und küßte sie. Es war, als täte sie es aus einer überlegenen, aber herzlichen Teilnahme. Marylin küßte sie mechanisch zurück.

Nr. 812 bekam mit jeder Post eine Menge Briefe. Fast täglich waren Papprollen dabei, meist so lang und so dick, daß sie im Brieffach nicht Platz hatten und unterm Tisch verwahrt werden mußten.

»Mr. Glinn, Sie haben noch zwei Rollen mit Bauzeichnungen hier«, rief Philip eines Morgens dem Herrn von 812 nach, als sein Kollege am Posttisch das Pappschild nicht beachtet hatte, das im Brieffach lag zum Zeichen dafür, daß noch andere Post da war.

»Wieso wissen Sie, daß es Bauzeichnungen sind?«

Philip hielt die beiden Rollen in der Hand. »Daß das Bauzeichnungen sind, das sieht man doch.«

»Woran sehen Sie das?«, forschte belustigt der korpulente Mr. Glinn mit dem roten glattrasierten Gesicht und den viereckigen, von vielen Zigarren braungerauchten Zähnen.

Philip nannte nicht ohne Verlegenheit seinen eigentlichen Beruf und sagte, daß er erst seit ein paar Monaten in New York sei.

»Bei Georgie Brown in Chicago haben Sie gearbeitet, der den großen Fleck in Michigan City West ausgebaut hat? Haha, großartig! Georgie ist ’n alter Freund von mir, will ihm Ihre Grüße ausrichten, wenn ich wieder nach Chi komme und ihn sehe. Von wem, mein Junge, soll ich ihn grüßen?«

Philip mochte zuerst nicht recht mit der Sprache heraus. Aber dann wollte er nicht den Eindruck erwecken, als ob er sich schäme, hier im Prince Albert Hotel hinter dem Posttisch zu stehen, und gab seinen Namen an.

»Also Philip Garrett? Wird bestimmt ausgerichtet. Benjamin Glinn hat ein ausgezeichnetes Gedächtnis. Sehr erfreut, Mr. Garrett, riesig erfreut. Guten Morgen.«

Acht Tage später war Philip bei der First Individual Home Building Company engagiert, die drüben an der Peripherie von New York große Terrains gekauft hatte, um sie mit Blocks von Reihenhäusern zu bebauen. Die Individual Home, deren Arbeitsfeld bisher der Mittelwesten gewesen war, installierte zu diesem Zweck in New York eine Niederlassung.

Philip bekam vierzig Dollar wöchentlich. »Wenn dir bald wieder so ’ne Sache einfällt wie bei Georgie Brown, soll’s bei den vierzig nicht lange bleiben«, hatte Benjamin Glinn ihm beim Abschied gesagt, wobei er seine schwere Hand auf Philips Schulter niederlaufen ließ.

*

IV.

Marylin lag in ihrem weißlackierten Bett im drittletzten der kleinen Zimmer, die, an einem schmalen, dunklen Gange nebeneinander liegend, die Wohnung der Witwe Perkins bildeten.

Es war ein ziemlich breites Bett, wie alle Betten in Mrs. Perkins Wohnung, denn sie wollte auch den kleinsten Raum notfalls an ein Ehepaar vermieten können.

Es war spät in der Nacht, es ging bereits dem Morgen entgegen.

Marylin konnte noch immer nicht einschlafen.

Sie hatte drei Geschichten gelesen, eine lustige und zwei unheimliche, alle drei ziemlich lang und die unheimlichen wirklich packend. Sie wollte das Band, das durch ihren Denkapparat lief, mit aller Macht anderswohin lenken, fort von der großen Furcht, die sie beherrschte. Sie zwang sich in jede der drei Geschichten hinein, aber immer wieder merkte sie, daß sie nur Wörter las, deren Sinn nicht haften blieb.

Sie hatte die Sirenensignale von zwei Überseedampfern gehört, die gegen Mitternacht ausgelaufen waren. Als sie in diese Wohnung einzog, verstand sie anfangs nicht, was dieses Tuten und Pfeifen bedeutete, das oft längere Zeit hindurch ausblieb und dann in einer Nacht besonders heftig und häufig wurde. Mrs. Perkins hatte es ihr erklärt: daß die großen Ozeandampfer bisweilen, um mit der Flut aufs Meer hinauszukommen, nachts abfuhren und daß sie nachts ebenso wie bei Tag ihre mehrmaligen Abfahrtszeichen gaben. Marylin hatte von beiden Schiffen her das erste Zeichen gehört und dann das ungeduldige letzte. Sie konnte auch unterscheiden, daß das eine der Schiffe vom Hudson auslief, das andere vom East River. Jetzt waren beide schon längst auf hohem Meer.

Marylin hatte vor einer Stunde die Lampe gelöscht, die am Kopfende des Betts angeschraubt war. Von irgendwoher strömte ein schmaler Streif matten, stahlgrünen Lichts aus der Winternacht ins Zimmer.

Sie hatte im Schiebefenster einen handbreiten Schlitz offengehalten, sie fror, sie lag bis zum Kinn unter der Decke.

Sie fühlte die große Furcht wie ein windgeblähtes Segel auf sich zustürmen, jetzt war es da und drückte sie mit unentrinnbarer Gewalt nieder.

Sie setzte sich auf, hielt den Handrücken gegen die Stirn. Sie spürte, wie ihr Gesicht sich zu einer Maske der Angst verzerrte, wie sie die Augen aufriß.

Sie sprang auf, schloß das Fenster, zog an der Kette der Mittellampe, unfähig die Dunkelheit länger zu ertragen. Sie stand in ihrem weiten Nachthemd da, das bis zu den Knöcheln hinab reichte, wie eine taillenlose Puppe mit einem zu kleinen Kopf.

Sie wollte ins Badezimmer hinaus, zum kalten und heißen Wasser, aber sie fürchtete, jemanden zu stören. Zwischen ihr und dem Badezimmer wohnte ein Mann, den sie noch nie gesehen hatte; er kam nachts sehr spät nach Hause, scheinbar nicht immer ganz nüchtern, räusperte sich und hustete lange, bevor er einschlief. Und jenseits des Badezimmers, in der allerkleinsten der Kammern, stand Mrs. Perkins Bett.

Sie wollte den Hahn nur ganz wenig aufdrehen, so daß das fließende Wasser kein Geräusch machte.

Der Steinboden des Badezimmers war eiskalt, Marylin hatte nicht einmal daran gedacht, in ihre Hausschuhe zu schlüpfen. Sie schob den kleinen Badteppich unter ihre Füße, dann ließ sie einen dünnen Strahl kalten Wassers über ihre Handrücken fließen und über die Pulse, dann befeuchtete sie Gesicht, Stirn und Schläfen und den Fleck hinter den Ohren. Und dann machte sie es eine Weile lang ebenso mit ganz heißem Wasser, am Ende noch einmal mit kaltem.

Als sie in ihr Zimmer zurückkam, spürte sie, daß der Heizkörper schon die erste leichte Wärme ausstrahlte.

Vor dem Spiegel sah sie nur das Weiß ihres Hemdes und undeutlich die Umrisse ihres Kopfes. Sie griff mechanisch nach dem Kamm, der auf dem Tisch lag, und fuhr viel öfter, als es nötig war, es nach rückwärts streichend, durch ihr Haar.

Sie blickte um sich wie jemand, der viel Zeit hat und nach einer Beschäftigung sucht. Aber sie fand nichts. Sie ließ sich in den Schaukelstuhl fallen und setzte ihn in Bewegung.

Nach einer Weile war alle Furcht aus ihrem Gesicht gewichen, es schien, als hätte ihre Unruhe einen festen Punkt gefunden.

Sie stand auf, räumte die Kleider von dem großen Koffer weg, suchte aus einem Kästchen einen Beutel mit kleinen Schlüsseln hervor und öffnete den Koffer.

Im untersten Fach lagen die Papiere, obendrauf das Bankbuch, daneben ein Paket mit Briefen, unter den Briefen ein paar Photographien.

Da war das Bild ihrer Schulklasse, als sie zwölf Jahre alt war. Alle Kinder haben das Kinn hoch, als wollten sie der Linse möglichst viel von ihrem Gesicht darbieten, in der Mitte saß die Lehrerin, mit Absicht sehr ungezwungen, trotzdem die Hände etwas steif auf den Knien.

Dann, auf einen Karton gezogen, dem eine der vier Ekken fehlte, das Bild einer lächelnden Frau.

Sie griff nach dem Bild und nach einem Blatt, das wie zufällig obenauf bei den Papieren lag, es war ihr Geburtsschein.

Aus dem Bild und aus dem Blatt Papier stieg von neuem die Furcht zu ihr auf. Sie sah von einem zum anderen, auf dem Bilde blieb ihr Blick länger haften, dann glitt er zu dem holzgerahmten Photo des vollbärtigen Mannes an der Wand, von der Mutter zum Vater, in die Vergangenheit zurück, der sie nicht entfliehen konnte.

Fliehen, davonlaufen? Was nutzte es? Man stieg, soeben in der neuen fremden Stadt gelandet, aus dem Taxi, da stand einer daneben, freundlich und harmlos: »Freue mich, Baby, daß Sie gut angekommen sind.«

*

Einer, der es so gut meinte und der dennoch das Unheil war. Der aus dem Nichts kam, auf sie zustürmte wie das windgeblähte Segel, um sie zu zermalmen.

Dann schwang noch einmal das Faltenspiel hilfloser Angst aus ihrem Gesicht und wich einem Lächeln der Hoffnung. Sie hatte nach dem Seil gegriffen, das im letzten Augenblick immer da war: nach dem befreienden Gedanken an ihre Unschuld.

Dieses Bureaumädel, das an sechs Tagen der Woche im dreizehnten Stock eines Wolkenkratzers am Broadway von New York Listen schrieb und Ziffern addierte, wußte nichts von einem Verhängnis jenseits von Schuld und Unschuld. Sie griff nach dem Seil. Sie klammerte sich daran fest.

Sie nahm das Bild der Mutter und das Dokument und legte beides an einen anderen Platz, in die Schublade, in der ihre Wäsche lag, ziemlich genau in die Mitte des nicht sehr hohen Stoßes.

Dann schloß sie den Koffer, warf die Kleider wieder darüber, sah nach der Uhr und stellte fest, daß sie noch zwei Stunden schlafen konnte, wenn sie bald einschlief.

Und diese zwei Stunden schlief sie wirklich.

Philip war pünktlich zur Stelle.

Odette hatte sofort und ohne Bedenken eingewilligt, als Philip sie um eine Unterredung bat. Er hatte hinzugefügt: »Sie müssen mir einen Rat geben, Miß Liottard, ich brauche den Rat einer Frau.«

Odette und Philip wußten, daß Newton erst abends nach Hause kommen werde. Philip saß schon eine Viertelstunde da, redete immerfort, ohne daß Odette auch nur vermuten konnte, was er eigentlich wollte.

»Fünfundsechzig, Miß Liottard, sind eine Menge Geld, das müssen Sie selbst sagen, damit kann man gut auskommen. Wenn die Anschaffungen vorbei sind, wird man sogar sparen können.«

»Natürlich. Wieso übrigens fünfundsechzig?«

»Nun, fünfundzwanzig von Linnie aus der Real Silk und meine vierzig aus der Individual. Es gibt Leute, die mit dreißig auskommen.«

»Diese Sache mit Mr. Glinn finde ich großartig. Und Charlie hat mir gesagt, daß Sie vielleicht bald mehr bekommen werden.«

»Ich muß! Ich muß bald mehr bekommen, ich muß wieder auf meine fünfzig kommen.«

»Ach Philip, ich hab' über Ihren Eigensinn so lachen müssen und Ihre fünfzig. Als ob fünfundzwanzig und fünfundzwanzig nicht auch fünfzig wären.

»Ja. Aber so will ich es eben nicht. Sie lachen darüber, Miß Liottard, und viele andere würden auch lachen. Ich bin eben eigensinnig. Ich muß die Gewißheit haben, daß es im Notfall auch ohne die Real Silk geht, zum Beispiel dann, wenn wir Kinder bekommen. Ich will nämlich Kinder haben, mindestens drei oder vier. Zu Hause waren wir elf.«

Odette lachte laut auf. »Wundervoll, wundervoll! Aber jetzt, mit der Individual, ist's doch allright, jetzt habt ihr ja genug für drei Kinder oder für vier oder in Gottes Namen für elf. Nur – hört doch endlich damit auf, so zu wohnen, daß ihr immer den Lift benutzen müßt, um einander zu besuchen.«

Philip stand auf und machte einen Gang durchs Zimmer. Dann lehnte er sich gegen den Türpfosten, die Daumen in den Westentaschen: »Ja, meine liebe Miß Liottard, deswegen bin ich hergekommen. Nämlich ... nämlich ... Linnie will nicht.«

»Was heißt das?«

»So lange ich im Hotel war, waren wir uns darüber einig, zu warten, bis ich wieder einen besseren Platz habe. Jetzt habe ich einen, und jetzt will sie nicht. Sie sagt nicht einmal, warum sie nicht will. Ich hab' ihr damals die Sache mit Mr. Glinn noch am selben Tage erzählt, an dem er mir den Vorschlag machte. Aber – ob Sie's glauben oder nicht – sie war, als es dann perfekt war, über die Nachricht beinahe erschrocken. Ich dachte: Vielleicht traut sie der Sache nicht recht. Und ich selbst war ja auch erst sicher, als ich eines Morgens wirklich am Zeichentisch stand. Jetzt, dachte ich, wird sie einlenken, ohne Zureden, vielleicht sogar aus eigenem Antrieb. Aber so oft ich davon zu reden beginne, weicht sie mir aus. Und wenn ich in sie dringe, lehnt sie es hartnäckig ab, und immer ohne Begründung. Ja, wirklich, Miß Liottard, ich bin vollkommen ratlos, und ... und deshalb bin ich zu Ihnen gekommen.«

Odette machte zuerst ein verdutztes Gesicht, dann ging sie resolut auf Philip zu, der noch immer an seinem Platze stand, nahm seinen Kopf in die Hände und gab ihm zwei Küsse auf beide Backen und dann noch einen auf den Mund und lachte ihn aus. »Philip, Sie sind der drolligste Liebhaber, der mir in meinem Leben begegnet ist. Hier in Amerika und auch drüben.«

»Ihnen erscheint es drollig, für mich ist es furchtbar ernst.«

»An allem, Philip, an allem ist der Lift schuld. Man wohnt nicht drei Stockwerke von seinem Mädel getrennt. Ganz recht geschieht Ihnen, ganz recht.«

Philip geriet in eine Art Wut. »Sie dürfen sich nicht über mich lustig machen, Odette! Sie verstehen das alles nicht, ihr Europäer seid andere Menschen als wir.«

»Ich hab' geglaubt, seitdem anderthalb Millionen junger Amerikaner im Krieg in Frankreich waren, hättet ihr endlich etwas gelernt. Ich hab' geglaubt, unsere Frauen und Mädels drüben hätten ihnen den Kopf zurechtgesetzt und allerhand beigebracht, was sie dann vernünftigerweise ihren Freunden und vor allem ihren Freundinnen in Amerika weitererzählt hätten. Aber wenn ich Sie so dastehen sehe, Philip, dann gebe ich alle Hoffnung auf.«

Philip trat an Odette heran und sagte sehr ernst: »Sagen Sie mir die Wahrheit, Odette: Haben Sie mit Linnie über diese Dinge gesprochen?«

»Nicht öfter als mit Ihnen und mit anderen Leuten. Weshalb?«

»Ich weiß, Odette, daß Sie eine – eine Feindin der Ehe sind, und ich fürchte, daß Linnie genau so denkt wie Sie.«

»Was heißt das?«

»Linnie hat in der letzten Zeit ein paarmal durchblikken lassen ... sie hat es nie offen ausgesprochen, aber ich vermute, sie hält es eigentlich nicht für nötig, zu heiraten, ebenso wie Sie und Charlie.«

»Na und?«

»Ich bin zu Ihnen gekommen, Odette, weil Sie die einzige Frau sind, mit der ich über diese Dinge reden kann. Ich habe gehofft, eine Bundesgenossin zu finden. Aber jetzt sehe ich, daß ich mich an eine falsche Adresse gewendet habe. Denn scheinbar wollen Sie für jedermann das gelten lassen, was für euch gilt, für Charlie und Sie.«

»Finden Sie uns so besonders abscheulich?«

»Nein, jeder kann tun, was er will. Ich käme ja nicht so oft zu euch und hätte auch Linnie von euch ferngehalten, wenn ich es verächtlich fände. Aber ich bin ein anderer Mensch als Charlie, und von Linnie hätte ich nie gedacht, daß sie solche Ideen haben kann.«

Odette war nicht mehr ganz so belustigt wie vorher. »Wissen Sie, Phil, eigentlich hätte ich das Marylin nicht zugetraut, und ich bin auch jetzt durchaus nicht sicher. Aber ich fände es großartig, wenn sie so dächte. Sie würde mir als das kleine amerikanische Mädel, das sie ist, geradezu imponieren. Und Sie, Philip, Sie sind dümmer, als ich je angenommen habe. Im Ernst: Sie verdienen das Mädel nicht.«

Philip blieb bis zum Abend da, bis Newton nach Hause kam. Odette und er hatten, so oft sie es auch versuchten, das Thema nicht verlassen. Newton traf sie inmitten der immer noch heftigen Diskussionen, beide hatten rote Köpfe. Er hörte eine Weile zu und begriff nur allmählich, wovon sie sprachen.

Philip war, als er wegging, fest davon überzeugt, daß Odette einen großen Teil der Schuld trug, da sie, vielleicht ohne es zu wissen, auf Marylin einen schlechten Einfluß ausübte.

*

Glinn hatte sich feierlich vor Philip hingestellt und sogar, bevor er zu reden begann, die Zigarre aus dem Mund genommen: »Mrs. Glinn würde sich sehr freuen, Philip E. Garrett am Sonnabend zum Dinner bei sich zu sehen.« Und da Philip früher einmal im Laufe eines Gesprächs übers Heiraten Marylin erwähnt hatte, fügte Glinn hinzu: »Bring' auch das Mädel mit. Um sie der Alten vorzustellen und vor allem mir. Denn Benjamin Glinn, mußt du wissen, versteht was von Bräuten.«

In den Bureaus und Zeichensälen der Individual arbeitete ein halbes Hundert Menschen. Es war also eine besondere Auszeichnung für Philip, daß er in Glinns Haus eingeladen wurde. Aber es war wiederum nicht sehr auffällig, weil Glinn oft viertelstundenlang neben Philip stand, ihm bei der Arbeit zusah und ihn oft zu sich in den Verschlag rief, der sein abgesonderter Arbeitsraum war, um allerhand mit ihm zu bereden.

Marylin trug ein fliederfarbenes, ärmelloses Kleid. Philip hatte zwei Teerosen nach Hause mitgebracht, die er ihr durchaus an der Hüfte befestigen wollte, aber schließlich mußte er sich fügen, sie wurden an die Schulter gesteckt.

Glinn, der zu Marylins linker Seite saß, ließ sich zunächst einmal die Verkaufsorganisation der Real Silk mit allen Einzelheiten erklären. Er hätte manches anders eingerichtet. Aber schließlich unterwarf er sich der Tatsache, daß es auch ohne sein Zutun ganz gut klappte. Dann meinte er, in Indianapolis, im Staate Indiana, würde unvergleichlich weniger gebaut als in New York und in New Jersey. Daß die Farbe der Strümpfe, die Marylin trug, in den Liften als »Champagne« bezeichnet wurde, befriedigte ihn und war ein bequemer Übergang zu ein paar galanten Worten über das fliederfarbene.

Auch auf Glinn übten Marylins Arme Anziehungskraft aus, so daß er ziemlich lange nach einer Gelegenheit suchte, sie väterlich zu streicheln. Aber schließlich verzichtete er darauf, zumal er sich sagte, daß Marylin einen solchen Versuch vielleicht nicht gut aufnehmen würde.

Marylin saß ohne Zwang kerzengerade da; wie sie sich bewegte, wie sie, die Ellbogen eng am Körper, mit Messer und Gabel umging, das zeigte ihre ungelernte und unbewußt wirkende Grazie. Mrs. Glinn, die von der anderen Seite des Tisches her in gleichmäßigen Abständen herüberblickte, konnte sich an ihrer gutgeformten Stirn, am heiteren Glanz ihrer Augen und, wenn sie sprach, am lebendigen Spiel der vollen Lippen gar nicht sattsehen.

Philip kämpfte mit mehr Anstrengung um ungezwungene Sicherheit. Glinns Schwester, ein hageres, älteres Fräulein, hatte ihn interessiert gefragt, wann Marylin und er zu heiraten gedächten, worauf Glinn es übernahm, für Philip zu antworten: »Wenn drüben in Newark die Kolonie fertig ist, werden die beiden sich eines von den Eckhäuschen aussuchen, eines mit geschwungenem Erker und einer Fahnenstange auf dem Dach.«

Die Glinns hatten keine Kinder und liebten es, von Zeit zu Zeit junge Ehepaare und auch ein paar unverheiratete jüngere Leute über den Abend zu sich zu laden. Wer zum erstenmal kam, lernte den Hausstand, der aus Glinn, seiner Frau und seiner Schwester bestand, bei Tische kennen; die anderen kamen erst nach der Mahlzeit.

So fanden Marylin und Philip, als das Dinner beendet war, im benachbarten geräumigen Salon eine Gesellschaft beisammen, die bald auf zwanzig Personen anwuchs.

Glinn schenkte aus einem in Eis gebetteten Gefäß seinen berühmten Manhatten-Cocktail aus, mit einer reichlichen Überfracht von Wermut gegenüber dem offiziellen Rezept. Später wurde das Grammophon eingeschaltet und aus einem stattlichen Vorrat von Tanzplatten gespeist.

Alle wollten mit Marylin tanzen, obwohl sie in der Gesellschaft ganz fremd war. Philip kam, so oft er sie holte, zu spät; einmal war es sogar Benjamin Glinn, der sie ihm vor der Nase wegschnappte. Aber dann kam er doch auch an die Reihe.

Es war nach einem heftigen Shimmy ein feierlicher Tango. Philip hielt Marylin vorsichtig im Arm, da er nicht sehr sicher tanzte. Marylin ließ ihre Hand fester als bei anderen Partnern auf seiner Schulter ruhen, er blickte ihr ins Gesicht, das dem seinigen ganz nahe war. Ihre Augen hingen zärtlich an ihm, auf ihrer Oberlippe standen winzig kleine Schweißperlen. Sie sprachen nichts. Ein paar Takte vor dem Ende des Tanzes holte Marylin tief Atem, schloß die Augen und überließ Philip bis zum Ende des Tangos die Führung, der sie nun, ob er wollte oder nicht, endlich fester im Arm halten mußte.

Es war noch nicht ein Uhr, als die Gesellschaft unten auf der Straße stand und sich nach allen Richtungen zerstreute.

*

»Hättest du nicht Lust, zu Fuß nach Hause zu gehen, Phil?«

Philip stimmt zu.

Die Glinns wohnten in der 57. Straße zwischen der sechsten und siebenten Avenue. Es war eine klare, warme Märznacht, die Straßen waren menschenleer. Als die beiden die Fünfte erreichten, fuhren die letzten Omnibusse in der Richtung nach Washington Square an ihnen vorüber.

Philip knöpfte den Mantel auf und rückte den Hut hoch aus der Stirn. »Glinns Cocktail war gut. Außerdem hab' ich eine schwere Zigarre erwischt. Wie wär's, Linnie, mit etwas Kaltem, dort drüben ist noch ein Laden offen.«

»Wenn es nicht sein muß, Phil, dann, bitte, laß es. Nicht noch irgendwo hingehen nach einem Abend wie diesem.«

Sie hängte sich in seinen Arm und trippelte in kurzen Schritten ein Stück neben ihm her, bis sie sich seinem Gang anpaßte. »Hast du dich auch so gut gefühlt wie ich, Phil? Es war doch großartig bei Glinns. Und jetzt ist es so angenehm, an der Luft zu sein. Wenn du willst, können wir zu Hause noch eine Tasse Tee trinken.«

Aber schon kurz hinter der 42. Straße sagte sie plötzlich: »Ach, Phil, es ist doch zu weit«, und rief, was durchaus nicht zur Gewohnheit der beiden gehörte, ein Autotaxi heran.

Als sie vor ihrem Hause hielten, sahen sie gerade einen großen, breitrückigen Mann eintreten und langsamen Schrittes auf den Lift zugehen. Marylin wußte es einzurichten, daß der Fremde vor ihnen hinauffuhr. Während der Aufzug wieder herunterkam, warf sie hin: »Also nimmst du noch einen Tee bei mir, Phil?«

Kaum waren sie in ihr Zimmer getreten, als sie nebenan jemanden husten und dann geräuschvoll herumhantieren hörten.

»Das ist aber unangenehm, Linnie. Sehr unangenehm.«

»Vielleicht war es der, der vor uns hinauffuhr. Ich kenne ihn nicht, aber er kommt meist um diese Zeit.«

Philip saß an dem kleinen Tisch am Fußende des Bettes, Marylin richtete das Teewasser her. Sie hörten den Nachbar sich auskleiden und zu Bette gehen. Sie sprachen nur wenig und sehr leise.

»Glinn war ganz entzückt von dir, Linnie. Er hat es mir, während du tanztest, gesagt. Er hat mich in eine Ecke genommen und hat mir zu dir gratuliert.«

Marylin antwortete nicht.

»Glaubst du, daß der nebenan schon schläft? Oder hört er uns?«, fragte Philip.

»Ich weiß es nicht. Es ist doch ganz gleichgültig.«

Später ging sie zu Philip hinüber, setzte sich ihm aufs Knie und lehnte ihren Kopf an seine Schulter.

Philip fuhr mit der Hand über ihren entblößten Arm. »Es kann alles so gut sein, Linnie, wenn du nicht so unbegreiflich eigensinnig wärst.«

Marylin rührte sich nicht. »Wieso bin ich es?«

»Du bist es.«

Philip spürte, wie sie, an ihn gelehnt, die Schultern zuckte.

»Vielleicht, Linnie – vielleicht hast du mich nicht mehr gern.«

»Warum sagst du das, Phil? Ich hab' immer alles getan, was du wolltest. Im Anfang hab' ich oft Furcht vor dir gehabt, aber jetzt kann ich mir gar nicht mehr vorstellen, daß du früher nicht da warst.«

»Und du hast gar keine Furcht mehr vor mir?«

»Nur – nur wenn du anfängst, mich zu quälen mit ... du weißt schon, womit.«

»Quälen! Es wäre doch nur das Natürlichste, wenn wir jetzt endlich – wenn wir uns eine Wohnung suchten und heirateten.«

Marylin schüttelte kurz, aber heftig den Kopf.

Philip erschrak über diese Bewegung und stand auf, wobei er sie beinahe unsanft von sich wegschob. Er stand zornig da. Marylin achtete nicht darauf, ging auf ihn zu, ganz nahe an ihn heran, aber ohne ihn zu berühren. »Ich gehöre dir, Phil. Ich gehöre ganz dir, und – ich will dir noch mehr gehören. Aber sprich nicht mehr ... davon, laß uns doch damit warten, mit dem Heiraten. Ich bitte ... ich bitte dich herzlich darum.«

Sie sagte das ganz leise, aber in einer Haltung, die so inbrünstig war, als spräche sie ein ekstatisches Gebet.

»Du hast mich allmählich in deine Gewalt bekommen, Phil. Nun ... nun ... nun so nimm mich doch!! – Warum zögerst du, jetzt, wo du mich hast! – So nimm mich doch!! – Laß uns für ein paar Tage fortfahren, nächste Woche ... oder morgen ... oder – bleib hier!«

Bei diesen letzten Worten war sie, über sich selbst erschreckt, einen Schritt zurückgetreten.

Als wollte sie, was sie gesagt hatte, verwischen, fügte sie in einem anderen Ton hinzu: »Laß doch das mit dem amtlichen Papier und dem Weg zur Kirche. Laß uns doch noch eine Weile warten – bis wir wissen, wie es uns miteinander geht, nur eine Weile.«

Philip ergriff langsam seinen Mantel und den Hut. Unweit von der Zimmertür stehend erwiderte er etwas heiser: »Nein, Marylin. Nein. Ich weiß jetzt seit einer Minute, daß es ein Irrtum war, zu fürchten, ich hätte dich verloren. Aber es ist noch etwas Fremdes zwischen uns, das ich nicht packen kann. Ich kann dir nicht folgen.«

Er ließ sich auf einen Sessel fallen, Mantel und Hut hielt er noch immer in der Hand. »Mein Großvater, Linnie, war ein Geistlicher in unserer kleinen Stadt, ich hab' dir ja manchmal von ihm erzählt. Er hat seine Kinder erzogen, wie ein Geistlicher seine Kinder erzieht, und mein Vater hat uns nicht anders erzogen. Ich weiß, ich weiß es ganz genau: keiner von uns allen täte das, keiner.« Seine Stimme war fest und ruhig geworden, er sah Marylin, die vor ihm stand, gerade ins Gesicht. »Ich hab' um dich gekämpft, Linnie, bis hierher, bis zu diesem Abend. Aber ich muß noch das Fremde fortschaffen, das zwischen uns steht. Ich bin sicher, ich bring' dich noch dazu.«

Marylin hielt seinen Blick aus, so lange er sprach. Als er geendet hatte, wandte sie den Kopf ein wenig zur Seite und sah an ihm vorüber nach einem festen Punkt an der Wand hinter seinem Rücken.

V.

Ein Mann aus Indianapolis im Staate Indiana war für zwei Tage nach New York gekommen.

Eigentlich hatte es die Real Silk nicht nötig, ihre Niederlassungen durch besondere Kontrolleure revidieren zu lassen. Denn jedes Blatt Papier, das in einer der Niederlassungen geschrieben wurde, mußte kopiert werden, und an jedem Morgen liefen mit der Post in Indianapolis aus allen Filialen Tausende von Kopien ein, so daß es dort sozusagen vollkommene Duplikate aller Niederlassungen gab.

Trotzdem besuchte ein- oder zweimal im Jahr ein Beamter der Hauptunternehmung die größeren Städte. Er sprach ein paar Stunden lang mit dem Manager über allerlei, durchaus nicht nur über geschäftliche Dinge, und ging am Ende mit ihm zum Lunch.

*

»Denver soll 'ne Niederlassung bekommen.«

»Gute Idee. Lebendige Stadt, Industriemittelpunkt und, soviel ich weiß, keine nennenswerte Konkurrenz am Platze.«

»Ganz dasselbe haben wir in Indianapolis uns auch gedacht. Es wurde viel darüber geredet, die Sache war schnell beschlossen.«

»Glaube nicht, daß man den Entschluß bedauern wird.«

Der Mann aus Indianapolis war ein Vierziger mit schütterem, blondem Haar und blaßblauen Augen, die die Gewohnheit hatten, im Gespräch seitwärts zu Boden zu schauen. Die Mundwinkel verliefen nach unten. Sein Gesicht machte einen müden, wenn nicht kränklichen Eindruck.

Es paßte nicht recht zu diesem Gesicht, daß der Mann lächelte, während er fortfuhr: »Man will die Leitung einer Frau übergeben. Man glaubt, mit ’ner Frau wird’s billiger sein, ’s ist nur ’n Versuch. Ich soll Sie fragen, ob Sie unter Ihren Mädels eine haben, die dafür in Betracht kommt. Sie müßte den Betrieb gut kennen und soll natürlich kein Backfisch sein.«

»Hm – ich würde sie nur ungern weggeben, obgleich sie noch nicht lange da ist. Aber sie ist zuverlässig und selbständig und hat die Organisation im kleinen Finger. War ’ne kurze Zeit in Cleveland und vorher zwei Jahre bei der Niederlassung in Chicago. Freilich, sie ist beinahe noch ein Backfisch.«

Das Kabinett des Managers war von dem großen Arbeitsraum durch eine Glaswand getrennt, so daß er das Personal von seinem Platze aus immer übersehen konnte. Der Mann aus Indianapolis hatte sich umgedreht und ließ die blaßblauen Augen über alle Arbeitstische des Hauptraumes gleiten.

»Das dort ist Miß Palmer, die am zweiten Fenster, die mit dem hellen Streifen im Haar.«

Dem Manne aus Indianapolis entfuhr unwillkürlich ein »Ah«. Er zog sein Notizbuch und schrieb ihren Namen auf. »Ja, man stellt sich für den Posten wohl ’ne Dame vor, die älter ist. Aber schicken Sie sie doch morgen früh zu mir ins Hotel.«

Marylin überlegte lange, ob es recht sei, Philip die Angelegenheit zu verschweigen. Schließlich entschied sie sich doch dafür. Es war das erstemal, daß sie etwas nicht mit ihm besprach, was vielleicht wichtig war.

Je länger der Mann aus Indianapolis mit Marylin sprach, um so mehr schwand sein Vorurteil gegen ihre Jugend.

»Und es würde Ihnen gar nicht schwer fallen, Denver gegen New York einzutauschen? Die meisten sind froh, wenn sie hier gelandet sind, und es ist doch erst 'ne kurze Zeit her, daß Sie nach New York kamen.«

»Mich hält nichts in New York fest. Ich ginge gern nach Denver.«

»Aber – als Sie hierher kamen, ich meine, als Sie zum erstenmal mit unseren hiesigen Manager sprachen,« der Mann aus Indianapolis schien bei diesen Worten das Teppichmuster besonders sorgfältig zu studieren, »sagten Sie damals nicht, daß hier in New York jemand ist, der Sie heiraten will, und daß Sie seinetwegen aus –«

»Aus Cleveland.«

»– ja, aus Cleveland fortgegangen sind?«

Marylin antwortete, ohne zu zögern und ohne eine Spur von Unsicherheit: »Ich ginge gern nach Denver.«

»Ist ja auch kein elendes Nest, sonst gäben wir keine Real-Silk-Filiale hin. Übrigens, man kann überall leben. Ich, sehen Sie, ginge um keinen Preis von Indianapolis fort, weder nach Chicago noch nach Frisco noch nach New York.«

So kam der Mann aus Indianapolis mit Marylin ins Plaudern. Schließlich lud er sie für den Abend zu einem Theaterbesuch ein. Sie gingen in die Follies und nachher in ein kleines Restaurant. Als Marylin den diskreten Vorschlag des Kellners, eine Flasche Wein oder ein Glas Whisky zu trinken, ablehnte, war der Mann aus Indianapolis besonders befriedigt. Beim Abschied versprach er, daß Marylin in weniger als zwei Wochen Bescheid haben sollte.

Nun mußte Marylin mit Philip sprechen. Sie erzählte ihm am nächsten Abend alles. Er antwortete kein Wort, wurde nur bleich und fragte, ob Marylin die Sache für eine ernste Chance hielt. Das bejahte sie natürlich.

Philip lief wieder zu Odette.

Er zeigte ihr ohne jede Scham, wie hart dieser Schlag ihn getroffen hatte; es fehlte nicht viel, und er hätte sich auf den Diwan geworfen und geheult wie ein Schulbub.

Odette lachte, dann fuhr sie ihn an: »Jetzt zeigt's sich, ein wie jämmerlicher Liebhaber Sie sind, Philip. Es gibt natürlich nur eins, mein Junge. Nehmen Sie sie! Nehmen Sie sie – das ist das einzige Mittel, sie hier zu halten, und ein zuverlässiges, da wir beide ja wissen, daß sie Sie liebt. O, es ist ja so einfach! Wenn Sie nur nicht so ein dummer Kerl wären! Nehmen Sie sie – dann wird sie bleiben. O, mein Gott, wenn Sie nur nicht so dumm wären!«

Philip saß da und glotze sie an. Er begriff sie nicht. Und alles, was Odette ihm sonst noch sagte, ob sie es im Scherz versuchte oder in einem ernsthaft belehrenden Ton, nichts vermochte ihn von seinem Enschluß abzubringen: er wollte die Antwort der Real-Silk-Leute abwarten und, wenn Marylin fortging, ihr noch einmal folgen.

»Wie ein Pudel, nein, wie ein Schoßhund!«, höhnte Odette.

»Sie täuschen sich, Odette. Ich werde es Ihnen beweisen, daß ich kein Schoßhund bin. Sie meinen's sicher gut mit mir. Aber sie vergessen, daß ich nicht wie Sie bin oder wie Charles. Ihr seid eben andere Menschen. Auch Charlie ist ein anderer geworden, seitdem er mit Ihnen zusammen ist. Ihr könnt mir beide nicht helfen.«

Marylin und Philip sahen sich jeden Tag, aber keiner von ihnen berührte die Sache mit Denver. Einmal verbrachten sie sogar einen Abend mit Charles und Odette, aber auch dieser Abend ging vorüber, ohne daß einer die Angelegenheit erwähnte.

Kurz vor Ablauf der zweiten Wochen fand Marylin auf ihrem Platz im Office einen Brief aus Indianapolis vor: Es seien doch gewichtige Bedenken gegen ihre Jugend noch zu überwinden, aber es sei zu hoffen, daß diese Bedenken am Ende besiegt würden, zumal Chicago eine vorzügliche Auskunft erteilt habe; die Entscheidung werde in einigen Tagen erfolgen.

Dann kam ein zweiter Brief. Er war wieder auf dem Papier der Fabrik von Indianapolis geschrieben, wieder mit der Schreibmaschine, aber wie auf den ersten Blick zu sehen war, von einer nicht sehr geübten Hand. Der Mann aus Indianapolis hatte ihn selbst getippt, mit vielen Fehlgriffen und Korrekturen.

*

Die Leitung der Filiale in Denver war wider Erwarten doch einer älteren Dame übertragen worden, der Witwe eines langjährigen Real-Silk-Angestellten. Das werde, so meinte der Mann aus Indianapolis, für Marylin gewiß eine Enttäuschung sein, ihm selbst aber gebe diese Nachricht Gelegenheit, eine Frage an sie zu richten.

Sie sagten mir, mein liebes Fräulein Palmer, daß Sie gern nach Denver gegangen wären. Würden Sie ebenso gern nach Indianapolis gehen? Der Abend mit Ihnen ist mir in angenehmster Erinnerung. Ich habe einen neunjährigen Jungen und eine Tochter, die um ein paar Jahre älter ist. Über meine Stellung in der Fabrik werden Sie leicht Genaues erfahren können. Ich lebe allein, meine liebe Frau ist schon lange tot, sie ist an einem Herzleiden gestorben. Ohne viele Worte: würden Sie, mein liebes Fräulein Palmer, Lust haben, nach Indianapolis zu kommen und meinen Kindern eine zweite Mutter zu werden?

Eine baldige und hoffentlich nicht abschlägige Antwort wäre ihm sehr lieb.

Marylin lehnte sich gegen den Schreibtisch, neben dem sie stand. Am liebsten hätte sie für eine Weile die Augen geschlossen. Aber sie wußte, daß die Mädchen von den anderen Tischen her sie beobachteten; sie sahen ein fremdes, starres Lächeln um Marylins Mund.

Als sie sich niedersetzte, erschienen vor ihrem Auge die schmalen, grauen Lippen des Mannes aus Indianapolis, ihre Schultern wanden sich unter einem heftigen Schauer.

Auch der Manager hatte hinter seiner Glasscheibe Marylin zugesehen, wie sie den Brief öffnete, wie sie ihn las und wie sich dann starr lächelnd auf ihren Stuhl fallen ließ. Jetzt kam er aus seinem Kabinett in den großen Arbeitsraum, trat an Marylins Tisch und fragte sie interessiert: »Na, Miß Palmer, was schreiben sie aus Indianapolis?«

»Es ist nichts. Ich bin doch zu jung, sie haben eine ältere Dame genommen.«

»O, das tut mir aber leid für Sie. Es wäre doch ein großer Sprung vorwärts gewesen.«

»Es wäre aber auch ein besonderer Zufall gewesen, eine unerwartete Chance. Es ist«, sie sammelte mit einem tiefen Atemzug ihre Kräfte, »es ist also wohl bestimmt, daß ich in New York bleibe.«

Philip schrieb wöchentlich einmal an seine Mutter. Oft waren es nur Postkarten von wenigen Zeilen, ziemlich herzlich, aber ohne unnötige Ausführlichkeit. Als er das Prince Albert Hotel verließ und zu Glinn ging, hatte er ihr einen freudigen Bericht darüber geschickt, später meldete er ihr, daß die Stellung bei der Individual sich als aussichtslos erwies.

Und nun schrieb er wieder.

Meine liebe Mutter,

das wird heute ein langer Brief werden. Ich habe Dir viel zu erzählen, und wenn ich heute abend nicht fertig werde, schreibe ich morgen zu Ende. Liebe Mutter, ich werde heiraten. Marylin wird Dir auch schreiben, aber zuerst sollst Du durch mich alles wissen, wie es gekommen ist und daß ich sehr glücklich bin.

Marylin war der Grund dafür, daß ich von Chicago wegging. Ich habe sehr um sie kämpfen müssen, aber Du mußt nicht denken, daß Philip jemandem nachgelaufen ist und sich aufgedrängt hat. Marylin ist nur sehr stolz, und es hat lange gedauert, bis sie zugab, daß sie mich ebenso liebt wie ich sie. Marylin heißt mit ihrem anderen Namen Palmer. Sie ist bei den Real Silk Hosiery Mills aus Indianapolis, Indiana, die hier in New York eine Niederlassung haben. Marylin ist sehr tüchtig; kürzlich sollte sie sogar Manager einer neuen Niederlassung werden. Marylin ist sehr schön. Ich habe vom ersten Augenblick an gewußt, daß sie meine Frau werden wird. Sie hat niemanden und steht ganz alleine da. Wenn ich sie Dir doch zeigen könnte! Ich weiß, Du würdest sie sofort sehr lieb haben. Mr. Glinn wollte uns das schönste von den kleinen Häusern unserer Kolonie in New York geben, ein Eckhaus mit einem geschwungenen Erker, aber die Kolonie ist noch lange nicht fertig, deshalb haben wir gestern eine kleine Wohnung in der 110. Straße gemietet, an der Neunten, ganz nahe vom Central Park. Die Wohnung hat einen kleinen Fehler, sie liegt nämlich dicht an der Hochbahn und alle paar Minuten poltert ein Zug vorbei, so daß das Haus zittert und die Gläser klirren, wenn sie zu nahe beieinander stehen. Aber die Leute im Hause, die schon viele Jahre dort wohnen, haben uns gesagt, daß man sich schnell daran gewöhnt und es dann nicht mehr merkt. Wir haben die Wohnung genommen, weil sie sehr billig ist. Marylin und ich, wir haben uns in Chicago durch die Hochbahn kennengelernt, und deshalb haben wir gedacht, daß es vielleicht richtig ist, wenn wir gerade diese Wohnung nehmen, die wir als erste gesehen haben. Mr. Glinn, der überhaupt ein ganz großartiger Kerl ist, wollte nicht erlauben, daß wir unsere Einrichtung nach einem Abzahlungsplan kaufen. Er sagt, daß diese Geschäfte höhere Preise nehmen und daß man betrogen wird, und wollte mir das ganze Geld leihen und mir wöchentlich etwas abziehen. Aber wir haben nur einen kleinen Betrag von ihm angenommen. Ich habe etwas erspart, wenn es auch nicht viel ist, und einiges haben wir doch nach dem Plan gekauft, Vorhänge, Küchengeräte und das Grammophon. Wir sind, wie Du Dir denken kannst, beide sehr glücklich. Marylin bleibt natürlich bei der Real Silk. Mr. Glinn wollte haben, daß wir eine Woche oder zehn Tage nach der Hochzeit frei haben, er wollte uns nach Lakewood, N. Y., schicken, wo er auch vor vielen Jahren nach der Hochzeit mit seiner Frau war. Er ist überhaupt schrecklich bemüht um uns. Wir werden aber trotzdem keinen Urlaub nehmen, sondern Anfang Mai an einem Sonnabend früh heiraten; die Wohnung werden wir uns vorher selbst fertig machen; am Sonnabend nachmittag werden Marylin und ich in einem Autotaxi mit unseren Koffern einziehen. Wir wohnen jetzt nämlich im selben Hause, aber Marylin wohnt im achten Stock und ich im fünften. Wir werden in der Madison-Avenue-Kirche getraut werden, Mr. Glinn und Charles Newton werden unsere Trauzeugen sein. Ich schrieb Dir ja schon, daß ich Charlie Newton hier getroffen habe und daß ich durch ihn ins Prince Albert Hotel kam. Sage Eva, mit der er ja damals die Geschichte hatte, daß er noch immer nicht verheiratet ist. Sag' auch allen anderen, was in diesem Brief steht, ich will nicht jedem besonders schreiben. Schicke mir, bitte, Vaters Bild, das in meinem Zimmer neben der Tür hängt. Marylin hat ein fast genau so großes von ihrem Vater, wir wollen beide nebeneinander an die Wand hängen. Von ihrer Mutter hat Marylin kein Bild. Ich bin sehr, sehr glücklich, liebe Mutter, und sobald wir wieder etwas erspart haben, kommen wir zu Dir, damit Du Marylin kennen lernst. Mr. und Mrs. Glinn sind von Marylin ganz entzückt, wir waren schon ein paarmal dort eingeladen.

Viele herzliche Küsse Dein Philip.

*

Am zweiten Maisonntag, um die Mittagsstunde herum, saßen auf einer Bank des Central Parkes in der Gegend des großen Hügels zwei junge Leute.

Es war ein unwahrscheinlich warmer Frühlingstag, die Sonne schien fast sommerlich auf die große Stadt herab.

Der junge Mann hatte die Beine lässig von sich gestreckt, den Kopf nach rückwärts gelehnt, und blickte in den wolkenlosen, sattblauen New Yorker Himmel, der an solchen Tagen daran erinnert, daß die Mündung des Hudson und der Golf von Neapel beinahe auf dem gleichen Breitengrade liegen. Das Mädchen, ihrem Nachbar halb zugewandt, hielt die Hände im Schoß und sah ihn von der Seite her an, prüfend und verträumt, scheu, aber doch in lächelnder Bewunderung.

Beide waren ohne Hut und Mantel, offenbar aus einer der Nachbarstraßen für eine halbe Stunde ins junge Grün dieses vorwitzigen Tages hierhergekommen.

Er suchte, ohne seine Stellung zu ändern, tastend nach ihrer Hand, dann, als er sie gefaßt hatte, wandte er den Kopf und fing ihren Blick auf, der nun noch scheuer wurde.

Über den Kiesweg flog eine junge Reiterin wie ein lachender Bube, kurzhaarig, auch ohne Hut, mit offenem Blusenkragen, in Breeches und Lackstiefeln. Die beiden auf der Bank blickten ihr nach, sie verschwand in übermütigem Galopp nach der anderen Seite des Parks hin.

Die beiden redeten nicht. Jetzt standen sie auf, hielten einander wie Kinder bei der Hand und gingen den gekrümmten Parkweg stadtwärts, ziellos immer weiter, am kleinen See vorbei, sahen, auf einer Anhöhe angelangt, am Ende des Parks ein Stück von der gezackten Wolkenkratzerlinie gegen den blauen Himmel, blieben eine Weile stehen und liefen dann, Hand in Hand, die Anhöhe hinunter.

In der Ferne hörten sie den Ton einer Drehorgel. Sie folgten ihm und kamen an den Platz, wo sich mitten in der Weltstadt ein altmodisches Karussell drehte.

Nur ein paar Kinder standen herum, es war noch früh, erst der spätere Nachmittag ist die Stunde dieses Tummelplatzes. Aber die beiden wußten heute nicht, ob es früh war oder spät.

Dann zog er sie plötzlich mit sich, zu dem Mann hin, der die Nickel kassierte, hob sie auf ein hölzernes Pferd und setzte sich auf den Schimmel nebenan.

Jetzt ging es los. Zur Drehorgel gesellten sich Pauke und Tschinelle und das Stampfen der Maschine, die den Kreis der Pferde und Karossen bewegte.

Sie ritten noch stolzer als vorhin das reiche Mädel über den Kies.

In den Lärm hinein rief der Reiter seitwärts hinüber: »Halloh, Mrs. Garrett, wie geht's?«

Und Mrs. Garret antwortete beinahe ebenso ausgelassen: »Fein! Und dir?«

»Auch fein. Alles in Ordnung.«

VI.

Marylin und Philip hörten nicht so bald auf, Karussell zu fahren, sich zu heiterer Musik im Kreise zu drehen, einander anzuschauen und zu fragen: »Halloh, wie geht's?« und immer schon im voraus zu wissen, daß die Antwort lauten werde: »Fein, alles in Ordnung.«

Und sie hörten auch nicht auf, wie Kinder Hand in Hand hügelan zu laufen, oben angekommen zum Himmel zu gucken und dann die Anhöhe wieder hinab zu wirbeln.

Philip war der erste, den das Glück in solchen Taumel versetzte. Marylin folgte ihm nur langsam.

Bei ihren ersten Umarmungen begegnete Philip einem langen, angstvollen Blick ihrer Augen, die sich nie abwendeten, sondern immer die seinen suchten, entschlossen, alles zu dulden, was von ihm kam.

Philip war von dem Wunsch besessen, die Angst, die aus diesem Blick sprach, zu verjagen.

Als er nach ein paar Wochen zuerst willige Hingabe spürte, dann Jubel mit seinem Jubel und schließlich, ihn völlig überraschend, ununterdrückbare Seufzer hörte und kurze Schreie der Lust, da fühlte er sich als Sieger und endlich, endlich am Ende des langen Kampfes.

Alles war ihm Bestätigung dafür, daß er nirgends sonst so vollkommenes Glück gefunden hätte. Wenn er durch die Straßen ging, verlangsamte er bisweilen seinen Schritt, musterte Mädchen und Frauen in Marylins Alter, die ihm entgegenkamen, und verwarf sie alle. Keine von ihnen konnte wie Linnie sein, keine ihr auch nur nahekommen. Linnie war anders als sie. Sie alle schienen sich jedem anzupreisen, lächelnd und mit grellen Farben; um Marylin blieb der

Schatten ihres geheimnisvollen Widerstandes, etwas von ihm war noch immer da, obwohl er längst besiegt schien.

Philip begriff sich selbst erst jetzt vollkommen: warum er ihr damals gefolgt war, warum er nicht von ihr gelassen hatte, sondern standhaft geblieben war trotz ihrer heftigen Abwehr. Er überblickte alle Phasen des Kampfes um sie, jene Versuchungen, denen er entgangen war, und er stellte sich selbst das Zeugnis aus, immer richtig und gut gehandelt zu haben, bis zum glücklichen Ende.

Es gehörte zu Philips Glück, daß er mit sich zufrieden war. Wer ihn beobachtet hätte, wie er drüben in New York von der Station zum Office ging, wie er das Haus betrat, hinauffuhr, oben sein Jackett gegen das Arbeitskleid umtauschte, und wie er sich dann an den Zeichentisch setzte, der würde an allem wahrgenommen haben, daß sich eine leise Wandlung an ihm vollzogen hatte: Er war sicherer geworden, mehr, als er es früher war, ein Mann.

Als der Manager in Real Silk erfuhr, daß aus Miß Palmer eine Mrs. Garrett geworden war, fragte er in einem Augenblick, als es die anderen nicht hören konnten, zu Marylin: »Und wie wäre es gewesen, wenn wir Sie nach Denver geschickt hätten? Als damals der Brief mit der Absage kam, waren Sie nahe am Weinen; ich hab's bemerkt, der Brief war Ihnen damals eine harte Enttäuschung. Und jetzt, sehen Sie, jetzt hat sich gezeigt, daß es wohl zu Ihrem Glück war.«

*

An einem sehr heißen Augustsonntag blieben Philip und Marylin, bis es kühler zu werden begann, zu Hause, fuhren dann nach der unteren Stadt bis zum Battery Park und saßen wieder auf jener selben Bank am Wasser, wie an ihrem ersten New Yorker Sonntagnachmittag.

»Es geht vorwärts, Linnie«, sagte Philip und hielt wie immer ihre Hand in der seinen, »es geht vorwärts, Linnie, sogar schneller, als ich gedacht habe.« Und dann nach einer Pause: »Wir waren damals ganz fremd hier, und ich habe gefürchtet, daß wir es lange bleiben werden. Aber unsere Kinder, hab' ich damals schon gesagt, die werden richtige New Yorker sein.«

»Wer weiß, Phil, ob wir Kinder haben werden.«

»Natürlich werden wir Kinder haben, eines nach dem anderen, wie meine Eltern.«

»Wer weiß?«, wiederholte Marylin und sah aufs Wasser hinaus ein paar Schiffen nach, die gerade mit der Flut den Hafen verließen.

Sie standen auf und gingen zur Untergrundbahn, um wieder nach Hause zu fahren. Sie sprachen kein Wort, erst als sie unten auf dem Bahnsteig neben den Geleisen standen, sagte Marylin noch einmal, als hätte sie die ganze Zeit über an nichts anderes gedacht: »Wer weiß, Phil, ob wir Kinder haben werden.«

Philip konnte nicht antworten, denn in diesem Augenblick donnerte der Zug herein, der von Coney Island her nach Manhattan kam und von Sonntagausflüglern überfüllt war.

Es wurde Herbst. Glinn hatte lange Besprechungen mit Philip, denn die Individual Home beschäftigte sich bereits mit dem Arbeitsplan des künftigen Sommers.

Drüben in Newark waren die Häuser der ersten Bauperiode bereits fertiggestellt, vermietet und bezogen. Die Gesellschaft hätte dreimal so viele Wohnungen vermieten können, wenn sie schon im ersten Jahr einen größeren Teil des Terrains verbaut hätte. Deshalb war auch davon, daß die Garretts hinüberziehen sollten, nicht mehr die Rede.

Glinn lag förmlich auf dem Zeichentisch und wütete gegen die weißen Streifen des Bauplans, die die leeren Flächen anzeigten: »Das alles, Phil, muß übers Jahr voll sein. Benjamin Glinn hat Tempo im Leibe, und die Individual Home muß mithalten.«

Mindestens einmal in der Woche holte Odette am Nachmittag Marylin bei der Real Silk ab. Beide hatten, bis die Männer nach Hause kamen, noch fast zwei Stunden Zeit, und die verbrachten sie mit Einkäufen oder in einem Kino. An Sonnabenden, wenn das Real Silk Office früher geschlossen wurde, gingen sie manchmal in die Nachmittagsvorstellung eines Broadwaytheaters oder einer Revue.

Odette redete jetzt ganz anders mit Marylin, sie behandelte sie nicht mehr wie früher als Kind, sie nahm sie für voll. Die beiden Frauen waren unversehens Freundinnen geworden. Nur kam es vor, daß Odette über Dinge sprach, die Marylin nicht hören wollte. Dann zog Marylin ihren Arm scheu zurück und Odette hatte Mühe, sie wieder für sich zu gewinnen.

Wenn Philip abends gegen sieben Uhr nach Hause kam, fand er Marylin mit einer großen Schürze in der Küche.

»Ist etwas zu öffnen?«, war seine tägliche Frage. Aber er hätte es nicht nötig gehabt, zu fragen, denn wenn es etwas zu öffnen gab, standen die Büchse und das Werkzeug schon für ihn bereit, immer am selben Platz, an der Ecke des kleinen Tisches.

Hatte Philip seinen Teil an der Küchenarbeit getan, so ging er ins Esszimmer hinüber. Dort traf ihn Marylin dann Zeitung lesend und oft hemdsärmelig. Aber dieser Formlosigkeit widersprach sie mit immer gleichbleibender Ruhe, und bevor sie das Tablett niedersetzte, mußte Philip wieder in seinen Rock geschlüpft sein. Dafür hörte sie während der Mahlzeit an, was er in der Zeitung gelesen hatte oder was er vorlas: von der ersten Seite des Blattes Arthur Brisbanes tägliche Meinung über einen Prozeß, über die Rede eines Senators oder über die ungenügenden Flugzeugkräfte der

Vereinigten Staaten, oder aus dem Sportteil den Bericht vom glänzenden Sieg der »Giants« über eine europäische Mannschaft.

Sie fuhren noch immer Karussell zu heiterer Musik. Das Grammophon stand im Schlafzimmer, das vom Esszimmer durch einen Perlvorhang getrennt war.

Der Winter hatte auch in diesem Jahr mit einem mehrtägigen Schneefall eingesetzt, wieder waren die Schritte der Passanten in den Straßen New Yorks unhörbar.

Da lehnte sich eines Tages Odette, als sie und Marylin aus der Kälte in eine Teestube geflüchtet waren, lachend in ihrem Stuhl zurück und sagte zu der Freundin: »Es gibt 'ne Neuigkeit, Linnie. Aber wehe dir, wenn du uns auslachst!«

»Weshalb sollte ich euch auslachen?«

»Charlie hat mir erlaubt, es dir zu sagen. Erst wollte er nicht. Aber dann hat er eingesehen, daß es am besten ist, wenn es unter uns Frauen erledigt wird.«

»Was gibt's denn? So sag's doch!«

»Du darfst es auch Philip sagen, du sollst sogar. Ich weiß, es wird das erste sein, was du ihm heute abend erzählst. Nämlich ... wir ... Charlie und ich, wir werden nämlich heiraten.«

Marylin gab sich keine Mühe, ihr Staunen zu verbergen. Aber sie dachte nicht daran, die beiden auszulachen.

»Ja«, fuhr Odette vor Verlegenheit etwas hastig fort, »ja – wir heiraten. Zwischen Weihnachten und Neujahr. Wir wollen nach der Kirche ein kleines Frühstück geben, zu dem wir nur Philip und dich einladen wollen. Das Frühstück wird selbstverständlich – es ist ja am einfachsten so – in unserer Wohnung sein.«

*

Zwei Tage vor dem Fest wurde Philip in Newark ans Telephon gerufen. Das Prince Albert Hotel verlangte ihn, am Apparat war Charles Newton: »Hör' mal, Phil, ich möchte dich etwas fragen ... Das heißt eigentlich, ich will um deine Zustimmung bitten, denn ich kann es kaum noch ändern.«

»Was gibt's?«

»Wir wollten euch übermorgen doch allein zum Frühstück haben. Nun habe ich aber ... seit voriger Woche ist nämlich Bill Patterson wieder in New York und wohnt wie immer im Prince Albert, und denke dir – ich weiß selbst nicht, wie es gekommen ist – ich hab' ihn auch eingeladen ...«

»Fein!«

»So? – Ach, das ist mir lieb, daß du's gut aufnimmst. Ich hatte schon ein schlechtes Gewissen, weil ich nicht wußte, wie du dich dazu stellen wirst.«

»Lächerlich. Erstens sind wir beide Gäste, und dann: Was soll ich gegen Bill Patterson haben?«

»Na weißt du, es ist nicht jedermanns Sache ...«

»Unsinn, Patterson ist nicht der erste Beste und wird sich gewiß so gut benehmen wie irgendeiner deiner weißen Freunde.«

»Ich bin wirklich froh, Phil, daß du so denkst. Also übermorgen um elf dreißig in der Kirche. Wir fahren dann nach unserer Wohnung, Patterson kommt direkt hin.«

Patterson benahm sich wirklich ausgezeichnet. Die Blumen, die er geschickt hatte, waren, ohne indiskret zu sein, viel schöner als die der Garretts. Er war wie immer großartig angezogen, behielt, bis man sich zu Tisch setzte, die Handschuhe an und war, obwohl er nichts dazu tat, bald der Mittelpunkt der Gesellschaft; man vergaß beinahe, daß man zu einem Hochzeitsfrühstück zusammengekommen war.

Als man sich niedergesetzt hatte, schlug Newton an das Glas und hielt eine unfeierliche Ansprache: »Liebe Linnie, meine lieben Freunde! Wir wollen ein Frühstück einnehmen wie an einem – sagen wir – wie an einem Sonntag. Also ein etwas reichlicheres Frühstück als an Wochentagen, aber kein sehr festliches. Ich habe keinen Koch kommen lassen, wir haben auch keinen Diener da. Odette wird selbst auftragen, sie hat auch alles wie immer selbst hergerichtet. Nur – ich habe ein paar Flaschen Wein besorgt; der Kerl, der sie mir gebracht hat, behauptet, es seien keine schlechten Sorten, und er ist einer, auf den man sich verlassen kann. Zum Huhn gibt's natürlich einen Tropfen französischen Champagner. Es wird von allem genug da sein, trotzdem rate ich beim Wein zu einiger Vorsicht, denn wenn wir am Ende Streit bekommen und der Streit vielleicht etwas heftig wird, könnte ich für diejenigen keine Garantie übernehmen, die sich unserem lieben Gast Bill Patterson entgegenstellen.«

Bill bog den Kopf zurück und lachte so herzlich, daß die Schlußworte Newtons, der noch guten Appetit wünschte, gar nicht verständlich waren.

Nach dem Fisch läutete die Entreeglocke, ein Bote aus dem Prince Albert brachte einen Brief für Mr. Patterson. Bill machte beim Lesen ein ernstes Gesicht und schüttelte, als er zu Ende war, gewichtig und bedauernd den Kopf.

»O – das ist aber sehr schade. James Harley ist angekommen – er ist aus Chicago gekommen, er hatte heute früh eine Besprechung mit dem europäischen Impresario, der ihn für eine Tournee hinübernehmen will. James ist nämlich ... Harley ist mein allerbester Freund, und er schreibt mir hier, daß er morgen früh wieder arbeiten muß, weil er am Abend in Boston ein Konzert gibt.

»Wer ist James Harley?«, fragte Newton, »Woher kenn' ich den Namen?«

»Ein sehr berühmter Mann«, erklärte Patterson, beinahe beleidigt darüber, daß er es erst erklären mußte, »ein

Sänger, der unsere alten Lieder in Konzerten singt. Große Konzerte vor weißem Publikum, können Sie mir glauben, immer in ausverkauften Sälen.«

»Aber Sie wollen doch nicht deshalb früher fortgehen, Mr. Patterson?«, fragte Phil mit der Miene jemandes, dem unerwartet eine Freude verdorben werden soll.

»Sie können Mr. Harley doch am Abend sprechen«, schlug Newton vor.

Aber Odette schwenkte die Serviette: »Er soll einfach herkommen! Er wird mir doch nicht meine Hochzeit verderben wollen. Nein, das gibt's nicht. Er soll herkommen, dann könnt ihr beide in Gottes Namen etwas früher fortgehen und den ganzen Abend über alles mögliche besprechen.«

»Er wird nicht wollen,« wendete Patterson mit hochgezogenen Augenbrauen ein, »er kennt niemanden von Ihnen, und er ist, obwohl er in sehr feiner weißer Gesellschaft verkehrt, er ist sehr vorsichtig.«

»Du setzt dich in ein Auto, Charlie,« kommandierte Odette, »fährst ins Hotel und holst ihn.«

Philip sprang auf: »Nein, das erlaube ich nicht, daß er von seiner eigenen Hochzeit weggeht. Ich werde fahren, und ich bringe ihn bestimmt mit.«

Und ehe jemand eine Einwendung machen konnte, war er mit dem Boten verschwunden.

Natürlich wartete man mit dem Essen. Patterson mußte von seinen letzten Kämpfen erzählen und von seinen Zukunftsplänen.

»Jetzt ist es gerade ein Jahr her«, erinnerte Newton, »daß wir alle vier bei Ihrem Kampf mit dem Holländer waren, Sie haben uns damals eine Loge geschickt.«

»Aber damals waren Marylin und Philip noch nicht verheiratet«, belehrte Odette den Schwarzen.

»Wirklich, Mrs. – ?«

»Mrs. Garrett«, half Odette schnell aus.

»O ja – Mrs. Garrett ... wirklich, Mrs. Garret, Sie waren damals auch dabei?« Das waren die ersten Worte, die Patterson an Marylin richtete. Marylin war jetzt, da Philips Stuhl leer war, seine Nachbarin am Tisch.

»Ja, ich war auch dabei.«

»Es war nicht ganz leicht«, lachte Newton, »denn es war der erste Boxkampf, den sie sah.«

Und Odette fügte hinzu: »Sie wollte immerfort weggehen, wir haben sie nur mit Mühe zum Bleiben überredet.«

*

»O, warum denn, Mrs. Garrett? Warum?«

Odette antwortete für sie: »Wahrscheinlich hatte sie Angst, daß einem von euch etwas geschieht, was ihn schmerzen könnte. Aber es wäre ihr wohl ganz gleichgültig gewesen, wen es getroffen hätte. Marylin ist nämlich sehr wehleidig.«

Patterson bog den Kopf zurück und lachte lauf auf.

Dann nahm er plötzlich wieder eine sehr korrekte Haltung ein: »Sie heißen Marylin, Mrs. Garrett? Das ist ein schöner Name, man hört ihn nicht oft hier.«

Marylin spielte mit ihrem Armreif, sah vor sich hin auf den gedeckten Tisch und sagte nur: Ja, 's ist ein ganz schöner Name.« Darauf sprach man wieder von anderm, namentlich von James Harley, und Patterson mußte versprechen, daß er den Freund bitten werde, ein Lied zu singen.

Endlich kamen die beiden.

Harley war um einen Kopf kleiner als Patterson, sehr schlank, fast zierlich. Seine Hautfarbe war ein reines Schwarz, das wollige Haar war aufwärts gekämmt und stand über der hohen Stirn als ein Viereck, das nach oben hin breiter wurde.

Harley trat unsicher in den Türrahmen. Aber sobald er Patterson sah, stürzte er auf ihn zu, die beiden schüttelten einander lange die Hände und wiederholten immer wieder übers Kreuz dieselben Worte: »Halloh, Junge, wie geht's?« und »Fein, daß du gekommen bist« und »Du siehst wundervoll aus, haha!« und »Wirklich schrecklich froh, daß du da bist, Junge«, und immer wieder dasselbe. Als sie fertig waren, stellte Patterson Harley vor sich hin, legte ihm von hinten her die Hände auf die Schultern und sagte: »Das also meine Damen und Herren, ist der große James Harley.« Darauf nannte er jeden der vier beim Namen und fügte hinzu, daß die Newtons heute Hochzeit hätten.

Es dauerte nicht lange, bis es so aussah, als hätte Harley schon von Beginn der Mahlzeit an zu der Gesellschaft gehört. Er war Marylins Nachbar und kam ohne Schwierigkeit in eine Unterhaltung mit ihr, da sie ihn schon früher hatte singen hören und die meisten Lieder seines Programms kannte.

Später sang Harley, ohne sich zu zieren, ein paar von den alten Negergesängen. Er begann mit »By and by«:

O wie bald, o wie bald
Darf ich abtun meine schwere Last.
Wie gut wird des Engels Kleid mir steh'n,
Mußt' hier schon durch Wein und Schmerzen geh'n.
O wie bald, o wie bald
Darf ich abtun meine schwere Last.
Die Hölle ist neuer Qualen Beginn,
Halt' ein, armer Sänger, geh' nicht hin!
O wie bald, o wie bald
Darf ich abtun meine schwere Last.
An einem Morgen klar und rein
Tragen Flügel mich in den Himmel hinein.
Bald ... bald ...
Will ich abtun meine schwere Last.

Und dann verbeugte er sich gegen Marylin, die um dieses Lied gebeten hatte: »Alle Kinder Gottes haben Flügel«:

Ich hab' Flügel,
Du hast Flügel,
Alle Kinder Gottes haben Flügel ...
Wenn ich in den Himmel komm',
Dann nehm' ich meine Flügel
Und fliege durch den ganzen Himmel Gottes ...
Nicht jeder, der vom Himmel spricht, kommt hinein,
Aber ich – fliege durch den ganzen Himmel Gottes ...

Newton öffnete bereits die dritte Flasche Champagner. Marylin war zu Philip hinübergeschlichen und schmiegte sich an ihn. Odettes Augen glänzten, als sie ihr Glas erhob, mit Patterson und Harley anstieß und ausrief: »Wir wollen nicht das letztemal zusammen sein, auch wenn nicht alle Tage Hochzeit ist.«

Philip kam mit seinem Glase heran und ergänzte ihre Worte: »Das nächste Mal bei uns, und so bald als möglich! Wirklich großartig heute, ich hab' mich schon lange nicht so gut gefühlt!«

Und als die Garretts mit den beiden gegen sieben Uhr hinunterfuhren, wiederholte Philip seine Einladung, ohne zu beachten, daß Marylin seinen Arm ergriffen hatte und ihn festhielt, als wollte sie seine Überschwenglichkeit zügeln.

Das kleine Fest bei Newtons hatte in den letzten Tagen des Jahres stattgefunden. Im Frühjahr kam es Marylin vor, als holte Odette sie seltener vom Office ab.

Noch bevor die großen Hitzen über New York herfielen, fand Philip eines Abends ein Stadttelegramm vor, in dem Charles die Geburt einer Tochter anzeigte.

Als Philip das Telegramm Marylin wortlos in die Hand gab, schwieg sie einen Augenblick vor Überraschung, aber dann mußten beide furchtbar lachen, und diese lustige Sache beschäftigte sie so lange, daß sie sich fast eine Stunde später als sonst zum Essen hinsetzten.

Das Kind bekam in der Taufe den Namen Marylin. Die Patin versah in der Kirche ihr Amt durchaus ernst; sie hatte Philip mit aller Strenge eingeschärft, daß ihrer beider Heiterkeit vor den Newtons sorgfältig zu verbergen wäre.

Odette und Marylin kamen erst jetzt darauf, wie nahe sie beieinander wohnten. Es war ihnen entgangen, solange sie ihre Nachmittagszusammenkünfte im Geschäftsviertel in der Nähe von Marylins Office hatten.

Nun wurde eine andere Ordnung der Dinge eingeführt. Odette erwartete Marylin nachmittags, wenn es nicht gerade regnete, mit dem Kinderwagen bei einem bestimmten Rondell im Park. Marylin kam, so schnell sie nur konnte, hierher; die beiden Frauen blieben immer so lange da, bis Charles und Philip sie, meist gleichzeitig, abholten.

Odette neigte jetzt dazu, eine Ehe ohne Kinder für etwas beinahe Sündhaftes zu halten. Aber so oft sie solche Meinungen zu Marylin äußerte, hörte sie immer die gleiche tonlose Antwort: »Ich weiß nicht, ob wir überhaupt Kinder haben werden.« Solche Worte lösten bei ihr und auch bei Charles, der sich in bezug auf die Kinderfrage gleichermaßen gewandelt hatte, bedauernde Teilnahme mit den Garretts aus. Aber diese Teilnahme, die nicht frei war von einiger Selbstgefälligkeit, blieb doch so diskret, daß sie sich vor Philip und Marylin nie äußerte.

Als die Tage kürzer wurden, fuhr Odette mit dem Kinde schon mittags hinaus, die Zusammenkünfte im Park hörten von selbst auf.

Und damit war ganz plötzlich, ohne daß es irgendeinen Grund hatte, der regelmäßige Verkehr der beiden Familien zu Ende. Es vergingen bisweilen zwei Wochen, ohne daß man sich sah; Marylin rief hin und wieder an, um nach dem Kinde zu fragen, aber man fand seltener als früher Anlaß, eine Verabredung zu treffen.

*

Wenn Philip heimkam, war Marylin immer schon zu Hause. Der Winter brachte es mit sich, daß sie den Abend meist zu Hause verbrachten.

Philip las seine Zeitung hemdsärmelig, Marylin setzte es nicht immer durch, daß er seinen Rock anzog, wenn sie das Essen zu Tisch brachte.

»Mein Großvater war Geistlicher und hat immer am Abend ohne Jackett bei Tisch gesessen.«

»Aber Phil, du bist doch kein Geistlicher –!«

»Natürlich nicht! Aber ich bin ein einfacher Mensch und lebe nach meiner Bequemlichkeit.«

Marylin schenkte resigniert die Suppe ein: »Ja, du hast deinen Kopf, du gehst deinen Weg.«

»Jeder geht doch seinen Weg.«

»Aber mancher geht ihn und nimmt andere mit. Zieht sie in seine Bahn, sie müssen mitgehen, ob sie wollen oder nicht.«

Philip hört das Bekenntnis zu seiner Führerschaft, blickt zu ihr hinüber, läßt den Löffel sinken und steht auf, um den Rock anzuziehen. Dann trifft ihn Marylins zufriedener Blick und er sagt vor sich hin: »Aber der Vater meines Großvaters war Farmer und trug überhaupt nur am Sonntag einen Rock.«

Nach Tisch liest er seine Zeitung zu Ende, alles, was er vorher ausgelassen hat, vom Großgedruckten auf der ersten Seite über die Sportnachrichten und den Grundstückemarkt bis in die Inserate hinein. In Florida hat eine Springflut zwei Ortschaften zerstört. Die »Giants« sind zweimal besiegt worden, von einer Mannschaft aus Baltimore und von den Europäern, die wieder herübergekommen sind. Auf der anderen Seite von New York hat eine Wallstreet-Gruppe große Terrains gekauft, niemand weiß, wer dahintersteckt.

Bei der Individual Home war ein blonder Deutscher eingetreten, der Philips berühmte Treppe noch einmal drehte und zugleich um ein paar weitere Zoll aus der Front hinausdrückte. Glinn war sehr ärgerlich, daß diese raumsparende Verbesserung nicht schon im gegenwärtigen Bauprogramm verwendet werden konnte, aber die diesjährige Serie der Reihenhäuser war bereits im Herbst fertiggegossen worden.

Patterson trainierte wieder zu einer großen Sache. Als Newton ihn an Philips Einladung vom vorigen Winter erinnerte, fragte er: »Garrett? – Garrett? Wer war das doch? Den Namen kenne ich natürlich.« Nein, jetzt wollte er keine Einladungen annehmen. »Euer Champagner ist zu gut, Newton, ich bin mitten im Training.« Newton erzählte, daß sie bereits ein Baby hätten und zeigte mit den Händen wie groß es schon war. Patterson gratulierte und sagte: »Wundervoll, wundervoll. Ja, es ist bald ein Jahr her, seit unserm Fest.«

Dann kam Harley aus Europa zurück. Er war inzwischen zweimal drüben gewesen und brachte großartige Kritiken mit, namentlich aus Deutschland, wo er Schubert-Lieder in deutscher Sprache gesungen hatte. Jetzt waren zwei große Konzerte in New York angekündigt, als Beginn einer Tournee durch die Vereinigten Staaten.

Harley, der auch im Prince Albert Hotel abgestiegen war, wußte sich der Garretts besser zu erinnern als Patterson. »Ich habe keine Angst vor Ihrem Champagner, Mr. Newton, und will Sie alle wiedersehen. Sie müssen zu meinem Konzert kommen. Ich lasse für die beiden Ehepaare eine Loge reservieren und werde Ihnen auch Patterson hineinsetzen.«

Carnegie Hall war ausverkauft. Das Stammpublikum der großen New Yorker Konzerte quittierte jedes Lied Harleys mit Applaussalven, am Ende mußte er ein paar Lieder zugeben. Er kündigte die Zugaben immer an, bevor er zu singen begann. Als er »Alle Kinder Gottes haben Flügel« nannte, sah er zur zweiten Loge rechts hinauf und versuchte Marylin mit einem Blick zu sagen, daß er dieses Lied für sie singe.

Auf dem Heimweg meinte Philip belustigt: »Du warst aber sehr verlegen, Linnie, als er das Lied ansagte und zu uns heraufsah. Ich hab' hinter deinem Stuhl gestanden und konnte es genau sehen: Du hast eine Bewegung gemacht, als wolltest du aufstehen und davonlaufen.«

»Es war aber auch – ich hab' noch niemals auf einem solchen Platz gesessen und fand es überhaupt sehr unangenehm.«

»Mir hat's Spaß gemacht, daß alle Leute in den Pausen uns ansahen, weil Patterson bei uns saß. Sie sehen sie wie Wundertiere an und zahlen fünf Dollar für einen Sitz, wenn Patterson boxt oder Harley singt. Aber sie würden sich nicht mit einem von ihnen an einen Tisch setzen. Als ich Glinn sagte, daß wir in Harleys Konzert gehen, war er ganz entsetzt. Er war lange im Süden, weißt du. ›Schweinerei!‹, hat er vor sich hingebrummt. Natürlich hab' ich mich nicht getraut, ihm zu erzählen, daß Harley am Sonntag zum Tee zu uns kommt.«

»Kommt er denn ganz bestimmt?«

»Ja. Er hat's mir durch Charlie heute noch einmal sagen lassen. Ist's dir etwa unangenehm? Bist du auch wie Glinn?«

»Nein, ich wundere mich nur, daß du hierin so anders denkst als er.«

»Es geht ihn nichts an, was ich in meinen vier Wänden tue. Patterson und Harley sind Künstler –«

»Ein Künstler ist eigentlich nur Harley.«

»Beide sind Kerls, die in ihrem Fach was leisten und 'ne Menge Geld verdienen. Und beide sind guterzogene und gebildete Menschen. Glinn? Würde er uns heute neben Patterson in der Loge gesehen haben, ich würde es vor ihm vertreten; aber es ist ja nicht nötig, ihm unsere Bekanntschaft mit den Schwarzen auf die Nase zu binden. Wozu ihn unnötig reizen?«

*

Harley hatte in vielen Städten, in denen er Konzerte gab und die er in regelmäßigen Zeitabschnitten immer wieder besuchte, Freunde. In Paris war's ein sozialistischer Deputierter, den die alten Negerlieder in einen wahren Taumel versetzten, in London ein Kunsthändler, der sich vom Geschäft zurückgezogen hatte und nicht duldete, daß der Sänger während seines Aufenthaltes anderswo als in seinem Hause in Hampstead wohnte, in Berlin ein Bankier, der leidenschaftlich Negerplastiken sammelte, in Wien der griechische Gesandte.

In New York wurde das Haus, dem Harley seine Ankunft stets in einem Telegramm anzeigte und das er sofort vom Hotel aus anrief, die bescheidene Wohnung des Architekten Garrett in jener Gegend der 110. Straße, in der die Hochbahn von der Neunten in die Achte Avenue hinüberwechselt.

Marylin hatte der Regelmäßigkeit dieser Besuche anfangs Widerstand entgegengesetzt. Aber Philip fühlte sich durch Harleys Anhänglichkeit nicht nur geschmeichelt, er kam sich auch, in dem er diesen Verkehr pflegte, sehr freiheitlich und unabhängig vor. Allerdings zog er dieser Unabhängigkeit Grenzen, indem er die neue Beziehung Glinn gegenüber weiterhin verschwieg.

Marylin hatte schließlich, wie in allem, was Philip sich in den Kopf setzte, nachgegeben. Harley machte ihr den Übergang zu bereitwilliger Gastfreundschaft durch die weltmännische Selbstverständlichkeit leicht, mit der er kam, von seinen Reisen erzählte, für den nächsten Abend die Garretts zu einem Theaterbesuch oder zum Souper einlud und dann wieder auf Monate verschwand.

VII.

Der alte Tylor, der Manager des Prince Albert Hotels, war gestorben. Newton mußte die Leitung des Hauses übernehmen und geriet in einen intrigenreichen Kampf um Tylors Posten. Er arbeitete, damit der Betrieb reibungslos weitergehe, ein halbes Jahr lang Tag und Nacht, unterlag aber schließlich einem Kandidaten, den die am Hotel interessierte Bank vorgeschlagen hatte.

Odette war fahrig und gereizt, sie konnte zu Hause und auch im Park das Kind keinen Augenblick ohne die sorgfältige Aufsicht lassen, es hatte später als andere Kinder zu laufen begonnen und zeigte jetzt eine gefährliche Neigung, das Versäumte nachzuholen, indem es überallhin lief und sich, glücklich gelandet, an allem Erreichbaren festhielt.

Die Terrains in Newark waren ausgebaut. Glinn hielt nach einem neuen Stück unbebauter Erdoberfläche Ausschau, das geeignet war, mit einem System von Reihenhausstraßen vollgezeichnet zu werden. Als ihm eine Konkurrenzgesellschaft großartig gelegene und sehr billige Terrains vor der Nase wegschnappte, erlitt er einen Schlaganfall. Philip durfte ihn erst nach vierzehn Tagen besuchen, er hatte sich wieder leidlich erholt, aber er sprach doch noch mit schwerer Zunge. »Kannst Benjamin Glinn vertrauen, Philip, er wird woanders 'nen bessern Fleck aufspüren.«

Der blonde Deutsche war längst entlassen worden, weil sich sein Trick mit den aus der Front hinausgedrückten Treppen als unpraktisch erwiesen hatte. An die Garretts war nun doch die Frage herangetreten, ob sie nach Newark übersiedeln sollten, in eines der Häuser, die nach Philips Plänen gebaut waren. Aber Marylin wollte nicht ohne Not die Wohnung wechseln und Philip stimmte ihr bei.

Im Leben der beiden hatte sich wenig geändert.

Eines Abends fand Philip die Büchse und den Öffner nicht an ihrem Platz an der Ecke des kleinen Tischs, sondern sah die Dose bereits geleert.

»Ist etwas zu öffnen …?«, hatte er mechanisch gefragt und dann hinzugefügt: »Warum hast du das heute … warum läßt du mich das nicht machen?«

»Aber Phil, ich kann's ja auch selbst tun.«

»Aber warum?«

»Wozu sollst du dir die Arbeit machen? Ich kann's ja auch.«

Philip ging wortlos ins Esszimmer. Als Marylin nachher mit der Suppe hereinkam, hatte sie verweinte Augen.

Ein paar Tage später fand Philip sie morgens noch unangekleidet im Badzimmer auf dem Rande der Wanne sitzen, den Kopf matt zur Seite gelehnt und sehr bleich.

Er erschrak: »Was ist dir, Linnie?«

Er bekam keine Antwort. Er sah nur, daß eine würgende Bewegung ihren Körper schüttelte. Sie versuchte, es zu verbergen und zu lächeln, aber es gelang nicht. Da verstand er alles. Das Blut schoß ihm zu Kopf, er brachte nichts heraus als ein halbersticktes »Marylin!«, nahm sie wie eine Puppe in seine Arme und trug sie ins Schlafzimmer hinüber.

Marylin lag auf ihrem Bett und blickte zur Zimmerdekke hinauf. Ihre Augen schienen farblos und matt wie Wassertümpel, in denen sich ein bewölkter Himmel spiegelt. Philip fuhr ihr mit der Hand übers Haar und wiederholte immer wieder: »Linnie – ich hab's nicht mehr gehofft … ich hab's nicht mehr gehofft.«

In Philip war das heiße Verlangen nach Kindern allmählich, ohne daß es ihm zum Bewußtsein gekommen war, eingeschlafen. Anfangs wollte er sich nicht fügen und hatte immer wieder verlangt, daß Marylin einen Arzt aufsuchte. Marylin spielte die Angelegenheit mit Erfolg ins Religiöse hinüber: Wer Kinder zu haben und zu erziehen als den gottgewollten Sinn des Lebens ansähe, der müßte sich dem höheren Willen auch dann fügen, wenn er andere Wege ging.

Marylin hatte sich, seitdem Philip sie kannte, äußerlich gar nicht verändert. Ging sie an einem Sommertag früh morgens in ihr Office, so war sie noch immer das Mädel, das sich im ärmellosen Kleid wiegenden Ganges und das Kinn ein wenig gehoben durchs Gewimmel der Passanten schob, wie damals in Chicago. Wenn die beiden an der Ecke, an der ihre Wege sich trennten, Abschied nahmen und Philip ihr nachsah, bis sie verschwand, dann wußte er, daß Marylin für ihn nichts von ihrem Reiz verloren hatte. Nur das eine fehlte: daß er nicht mehr um sie kämpfen mußte.

Philip war kaum dreißig, aber er sah nichts mehr vor sich, was ihm unerreichbar war. Er war frühzeitig träge und langsam geworden.

*

Jetzt sprang er auf die Beine.

Ein Kind! Also doch! Und dann vielleicht noch eines und noch eines und viele. Das älteste wird schon in die Schule gehen und einen Brief an die Großmutter schreiben können, wenn das kleinste noch in den Windeln liegen wird.

Philip verständigte sofort seine Mutter. Am Schreibpult des Telegraphenbureaus suchte er lange nach dem besten Text, dann schrieb er einen hin, der in der Mutter den Eindruck erweckte, das Ereignis sei unmittelbar bevorstehend.

Philips Zärtlichkeiten für Marylin bekamen einen neuen Sinn. Wenn er sie streichelte, geschah es, wie um sich zu versichern, daß sie existiere und unversehrt sei. Er konnte mitten in seiner Arbeit aufspringen, zum Telephon laufen und Marylin bei der Real Silk anrufen: »Hallo, Linnie, bist du da? Ja? Es ist nichts, ich wollte nur ... also ich komme am Abend so zeitig wie möglich.«

Es steigerte seinen Glückstaumel, daß Marylin von dem Gedanken an das Kind völlig ausgefüllt schien. Sie änderte natürlich in den ersten Monaten nichts an ihrer Lebensweise, an der Genauigkeit ihrer Zeiteinteilung. Trotzdem war sie gleichsam aus der Wirklichkeit herausgehoben, sie schien über die Zeit hinweg in die Ferne zu sehen, immer auf den einen Tag hin, auf die eine Stunde der Erfüllung.

Philip wurde von der Furcht geplagt, es könnte ihr etwas zustoßen. Er behandelte sie wie ein sehr zartes, dünnwandiges Gefäß, daß einen kostbaren, unersetzlichen Inhalt barg. An ihrem Körper waren noch keine Veränderungen zu merken, als er begann, sie nur noch ängstlich und behutsam anzurühren.

Einmal war Odette dabei, als Philip nach Hause kam. Abends erzählte sie ihrem Mann lachend: »Du, Charlie, du müßtest sehen, wie er sie küßt. Er kommt nicht auf sie zu, wie es in jeder Stunde Tausende von Männern mit ihren Frauen tun, nein, er beugt sich ganz kompliziert von der Seite her zu ihr hinüber, als ginge es gar nicht anders. Es sieht geradezu komisch aus. Mein Gott, was wird der erst treiben, wenn das Kind einmal da ist!«

Marylin war sehr mager geworden. Ihr Gesicht bekam scharfe Falten wie von einem geheimen Kummer oder von einer zerstörenden Krankheit. Später straffte sich die Haut wieder, aber sie war gelblich und fahl.

Niemand konnte es Marylin anmerken, ob sie sich auf das Kind freute, ob sie der Geburt mit Angst entgegensah. Sie klagte nie, allerdings gab ihr Zustand auch keinen Anlaß dazu.

Nachdem das Mißverständnis über den Zeitpunkt des Ereignisses aufgeklärt worden war, erbot sich Philips Mutter, nach New York zu kommen. Aber Marylin lehnte es ab.

Sie wollte das Kind für keinen Fall in einem Hospital, sondern in ihrer Wohnung zur Welt bringen. Das bedeutete zwar einen größeren Geldaufwand und schien bei der Enge der Wohnung nicht sehr vernünftig. Aber es war der einzige Wunsch, den sie die ganze Zeit über äußerte. Deshalb willigte Philip sofort ein.

Lange bevor es nötig war, wurden Philips Bett, die Teppiche und alles Überflüssige aus dem Schlafzimmer ins Wohnzimmer hinübergeschafft. Marylins Bett wurde in die Mitte des Zimmers gerückt, in einer Ecke lehnte ein großes Packet mit Verbandzeug, das die Schwester bei ihrem ersten Besuch mitgebracht hatte.

In der Individual Home stand man unglücklicherweise gerade um diese Zeit vor wichtigen Entscheidungen. Es sollten Terrains in Cleveland gekauft werden, Glinn sprach davon, er selbst und natürlich auch Philip würden nach Cleveland übersiedeln müssen, wenn die Sache zustandekäme.

Jedenfalls war es nötig, daß Philip vor dem Abschluß des Kaufes hinfuhr, um das Terrain zu besichtigen, das in mancherlei Hinsicht kein ganz normales Bauterrain war.

Philip weigerte sich, New York jetzt auch nur eine Stunde zu verlassen. Glinn, durch das Malheur vom letzten Mal nervös gemacht, drängte heftig.

Man einigte sich darauf, daß Philip, sobald alles glücklich vorbei war, reisen sollte. Aber er hatte das Ereignis um fast eine Woche zu früh angezeigt, so daß Glinn immer ungeduldiger wurde und Philip schließlich versprechen mußte, unmittelbar nach der Geburt des Kindes abzufahren.

Die Schwester war eine hagere Person von etwa fünfzig Jahren, freundlich und rücksichtsvoll, aber wortkarg gegen Philips unablässiges Fragen. Sie versicherte ihm immer wieder, daß alles in bester Ordnung sei. Sie hätte es am liebsten gesehen, daß Philip sofort nach Cleveland reiste, denn sie wußte natürlich von der Angelegenheit. »Wir werden es nicht um ein Haar schlechter machen, wenn Sie fort sind, Mr. Garrett. Wenn Sie zurückkommen, wird alles vorbei sein, vorausgesetzt, daß Sie lange genug fortbleiben; aber es ist auch möglich, daß Sie noch vorher zurück sind.«

Der Doktor kam, untersuchte Marylin und wurde von Philip überfallen: »Können Sie mir garantieren, Doc, daß ich noch zurecht komme, wenn ich in zweimal vierundzwanzig Stunden zurück bin?«

»Ich kann Ihnen nur garantieren, Mr. Garrett, daß bis jetzt alles wundervoll normal ist. Ich denke, es wird noch drei bis vier Tage dauern, aber ich kann Ihnen darüber natürlich nichts Verbindliches sagen.«

*

Philip ballte die Fäuste in den Hosentaschen. Warum waren die beiden, die Schwester und der Doktor, so aufreizend nachsichtig gegen ihn? War es denn nicht begreiflich, daß er alles wissen wollte?

Der Doktor, der schon im Fortgehen war, wandte sich noch einmal an Philip: »Wir sind das gewöhnt, Mr. Garrett, namentlich wenn es das erste Mal ist. Beim zweiten Baby werden Sie's schon viel leichter überstehen.« Der Doktor sagte das wie einen Witz, die Schwester lachte pflichtgemäß und wagte es sogar, Philip teilnahmslos auf die Schulter zu klopfen.

Es dauerte noch zwei Tage, bevor sich überhaupt ein Zeichen einstellte. Philip telephonierte an Glinn, er könne nicht mehr ins Office kommen, er sei zu Hause unentbehrlich. Er saß stundenlang neben Marylins Bett und hielt ihre Hand, aber es fiel ihm nichts ein, was er ihr hätte erzählen können. Ein paar Mal am Tage lief er hinunter, um Zeitungen zu kaufen. Aber wenn er sie dann öffnete, kam es ihm vor, als ob sie gerade in diesen Tagen nichts Meldenswertes enthielten. Er legte die Blätter wieder zusammen, sah Marylin an; sein Blick schien, obwohl er zärtlich sein sollte, zu sagen: »Mach' doch schnell, Linnie, ich bin ja schon so furchtbar ungeduldig – du weißt doch, daß ich nach Cleveland reisen soll.«

Marylin lächelte zurück, wie um sich zu entschuldigen. Sie versuchte zu scherzen: »Wir waren schon einmal in Cleveland, Phil, erinnerst du dich? Auf dem Weg nach New York, nur ganz kurzer Aufenthalt. Ach, du hast's schon vergessen.«

Philipp hatte wenig Neigung, an Vergangenes zu denken. Er erhob sich, trat ans Fenster und begann leise gegen die Scheiben zu trommeln. Alle paar Minuten ratterte ein Hochbahnzug vorbei. Sie hatten sich längst an diese Geräusche so sehr gewöhnt, daß sie sie gar nicht mehr hörten; jetzt, hier am Fenster, während die Zeit ihm langsam verrann, wartete Philip von einem Rattern zum andern und zählte die Züge, die stadtwärts fuhren, und auch die, die von der unteren Stadt heraufkamen.

Früh, mittags und abends läutete Glinn an, so teilnahmslos, wie er nur konnte, und ohne ein Wort von der Clevelander Sache zu reden.

Mrs. Glinn schickte Blumen, Odette brachte selbst welche. Philip empfing sie hemdsärmelig im Vorzimmer und gab sich geschäftig und leidend. Odette behandelte ihn teilnahmsvoll: »Wenn alles vorüber ist, Phil, wirst du dich schneller erholen, als du glaubst.«

Philip war von seinem Stuhl am Bettrande aufgestanden, hatte Marylin angeschaut, und sie hatte zurückgelächelt. Er war ans Fenster getreten, trommelte und zählte die Züge. Als er sich zufällig umwandte, sah er, daß Marylin sich auf die Unterlippe biß, dann schob sich in schmerzvollem Zucken die Oberlippe hoch, so daß die Zähne zum Zahnfleisch sichtbar wurden.

Philip flog durch die zwei Türen zur Schwester, die draußen in der Küche etwas Milch wärmte: »Schwester, Schwester, es geht los! Ich werde dem Doktor telephonieren!«

Die Schwester hielt ihn davon ab, ging ins Schlafzimmer und kam bald wieder: »Es scheint der Anfang der ersten Wehen zu sein, Mr. Garrett.«

»Und der Doktor?«

»Den brauchen wir noch lange nicht.«

Das war gegen fünf Uhr nachmittags. Später am Abend kam der Doktor noch einmal und machte, während er sich nach der Untersuchung die Hände wusch, in Marylins Gegenwart Philip den Vorschlag, die Nacht doch im Hotel zu verbringen.

Da meldete sich Marylin mit der Bitte: »Nein, er soll bleiben. Oder wenigstens – er soll wenigstens noch eine Weile bleiben. Ich will mit ihm sprechen.«

Die abgeblendete Stehlampe ließ das Zimmer im Halbdunkel. Es roch nach dem Verbandszeug, das jetzt auf dem kleinen Tisch an der Wand ausgebreitet war.

Marylin atmete stoßweise, das war die leiseste Form, in der sie ihre Schmerzen äußern konnte. Jeder Atemzug war ein unterdrückter Schrei. Sie krallte ihre Finger in Philips Hand und zog ihn zu sich heran: »Hör' zu, Phil ... hör' gut zu.

Ich denke ... ich hoffe, es wird alles ... nicht wahr, Phil, wenn diesmal alles gut vorübergeht, werden wir das wollen ... Phil, nicht wahr ... dann wollen wir keine Kinder mehr haben?«

Die letzten Worte bellte sie mühsam heraus, kaum hatte sie ausgeredet, als sie Philips Hand losließ und sich zur Seite wandte. Philip schrak zusammen, als er ihre Zähne knirschen hörte. Nie hätte er es für möglich gehalten, daß diese kleinen, weißen, regelmäßigen Zähne ein solches Geräusch machen könnten.

Wieder holte er die Schwester, wieder fand sie alles so, wie es zu sein hat.

Nach Mitternacht hörte er vom Diwan im Esszimmer aus die ersten ununterdrückten Schreie. Er wollte zu Marylin, jetzt war die Schwester, die ihm in der Tür entgegenkam, energisch: »Bleiben Sie draußen, Mr. Garrett, es hat doch keinen Sinn. Bleiben Sie draußen.«

»Und der Doktor?«

»Hat noch Zcit.«

Philip griff nach seinem Hut, der im Vorzimmer hing, und lief die Treppe hinunter. Er lief zum ersten Mal, seitdem sie hier wohnten, die enge Treppe hinunter, die sich um den Lift herumwand. Er wußte nicht, warum er es tat, anstatt nach dem Liftführer zu läuten.

*

Der Liftführer schlief unten, auf seinem Stuhl sitzend, die Mütze im Genick, mit offenem Munde. Philip lief an ihm vorüber durchs offene Tor auf die Straße.

Wohin? Er schlug den Weg zur Hochbahnstation ein, wie er es jeden Morgen tat. Aber als er am Fuße der Treppe sah, daß der Menschenstrom jetzt nicht stadtwärts ging, sondern nur ein paar spät Heimkehrende vom Bahnsteig herunterkamen, blieb er stehen.

Links und rechts von ihm riefen die Zeitungsjungen die ersten Ausgaben der Morgenblätter aus. Der kleine Zigarrenladen am Aufgang zur Station war schon geschlossen. Also warf er eine Kupfermünze in den Kaugummiautomaten, öffnete das Paket mit dem Fingernagel und ließ ein Stück in den Mund gleiten.

Auf der anderen Seite der Straße begann aus einem lauten Streit eine Prügelei zu werden. Er stellte sich daneben und sah zu. Dann setzte er die Umstehenden dadurch in Erstaunen, daß er plötzlich ganz schnell wegrannte, an der nächsten Ecke verschwand, in der Richtung auf sein Haus zu.

Diesmal weckte er den Liftführer und fuhr hinauf. Das Schreien war lauter und regelmäßiger geworden, inzwischen war der Arzt gekommen.

Er wagte nicht, sich zu melden, sondern setzte sich im Esszimmer auf einen Stuhl. Er wußte nicht, wie lange er fort gewesen war, und er wußte auch nicht, wie lange er hier saß.

Die Schwester, die hin und wieder durchs Zimmer ging, achtete nicht auf ihn, vielleicht sah sie gar nicht, daß er wieder da war.

Er hörte Marylin schreien, manchmal überschlug sich die Stimme, manchmal hörte er durch ihr Stöhnen: »Mammie, Mammie!«

Dann steigerten sich die Schreie einmal. Dann wurde es ganz still.

Er sprang auf, öffnete die angelehnte Tür.

Über Marylins Gesicht war ein nasses Tuch gelegt. Der Arzt arbeitete so angestrengt, daß man sein Atmen hörte, dabei sprach er, gab kurze Anordnungen, die Schwester, die auf der anderen Seite des Bettes stand, ging zwischen Bett und Tisch hin und her. Es war ganz still im Zimmer, man hörte nichts als die Anordnungen des Arztes und, wenn er schwieg, seinen Atem.

Dann schrie Marylin noch einmal kurz auf, noch lauter und schärfer als vorher. Philip schrie unwillkürlich mit, legte dann erschreckt die geballte Hand vor den Mund.

Jetzt hob der Doktor ganz unerwartet etwas Längliches in die Höhe, etwas Unappetitliches, Blutiges. Er hielt es in der einen Hand, schlug mit der anderen darauf ein, so daß es klatschte. Er schlug ein paarmal zu, bis es einen dünnen, singenden Ton von sich gab. Dann reichte er es der Schwester, wandte sich um und sah Philip im Türrahmen. Er machte mit seinen blutigen Händen eine Bewegung, die Philip schnell zurückweichen ließ, hinter ihm stieß der Doktor mit einer leichten Bewegung des Fußes die Tür zu.

War es jetzt vorbei? Warum schickten sie ihn fort?

Da öffnete der Doktor die Tür mit dem Ellbogen, denn er trocknete seine Hände, die er inzwischen gewaschen hatte, in einem großen Tuch. Er lachte Philip an: »Ein Mädel, mein Herr, ein gesundes Mädel. Und auch Ihrer Frau geht's ganz gut. Kommen Sie her.«

Philip sah fast gleichzeitig auf Marylin und auf das kleine Bündel, das die Schwester ihm hinhielt.

Marylin lächelte matt, sie war bleich, das Haar klebte an ihrer Stirn. Sie sagte leise, als spräche sie zu sich selbst: »... Mädel ... schon gesehen ...« Was die Schwester ihm zeigte, war etwas Lebendiges, rot wie abgebrüht und mit vielen Falten überall.

Der Doktor lachte noch immer: »Ja, und sowas wird mal 'n Mensch. So haben wir auch mal ausgesehen.«

Das Kind zog eine Grimasse, als sei die Nähe des Vaters ihm unangenehm. Marylin wiederholte sich einmal glücklich lächelnd: »... Mädel ... schon gesehen ...«

Philip beugte sich über sie und küßte ihre Lippen, die sich allmählich wieder röteten. Sie hauchte an seinem Munde: »Jetzt kannst du wegfahren, frag' den Doktor.«

Es war fünf Uhr morgens. Als sie stehend miteinander ein Glas Tee tranken, das die Schwester gekocht hatte, versicherte der Doktor: »Jetzt werden Sie mir's eher glauben, daß alles vollkommen normal ist. Jetzt erlaube ich Ihnen als Arzt, daß Sie Ihre Reise antreten.«

Drei Stunden später saß Philip im Raucherkabinett des Zuges, der westwärts auf die großen Seen zu durch die Ebene fuhr. Er hatte seinem Nachbarn von der Wichtigkeit seines Geschäftes in Cleveland erzählt, wobei er es jedoch vermied, sich genauer auszudrücken, und fügte dann hinzu, indem er mechanisch nach der Uhr sah: »Heute früh hat meine Frau unser erstes Mädel zur Welt gebracht.«

»Halloh,« rief der Nachbar und nahm die Zigarre aus dem Mund, »heute Früh? Und jetzt sind Sie schon unterwegs?«

»Ja, ich mußte. Es ist, dem Himmel sei Dank, alles großartig normal abgelaufen.«

*

Am nächsten Morgen erwartete die Schwester den Arzt an der Eingangstür. Sie machte ihm ein paar Zeichen, hielt ihn im Wohnzimmer fest und brachte das Kind

Der Doktor nahm es aus dem Kissen, ging zum Fenster und besah es von allen Seiten.

»Hum ...«

»Nun, Doc?«

»Ja – beinahe glaube ich auch. Hat sie es heute schon gesehen?«

»Nur frühmorgens, als der Vorhang noch heruntergelassen war.«

»Hum.«

»Aber – gestern, Doc, gestern war es doch? Gibt es denn sowas?«

»Es ist sogar die Regel. Wir hatten vor ein paar Jahren drüben im Hospital einen ähnlichen Fall, da zeigte sich's auch erst am zweiten Tag. Freilich war's in jenem Fall weniger überraschend.« Damit reichte er das Kind der Schwester zurück.

Als der Doktor aus Marylins Zimmer kam, hielt die Schwester ihn noch einmal fest: »Können Sie's nicht einrichten, Doc, das 'ne andere Schwester den Dienst hier übernimmt. Wenn's eine ist, die bei der Entbindung nicht zugegen war, für ihn ein neues Gesicht, dann wird sie's doch nicht so schwer haben, wie ich es hätte.«

»Wann soll er denn zurückkommen?«

»Vielleicht schon morgen abend, aber spätestens übermorgen.«

»Ja – es wäre schon besser. Ich bin am Nachmittag noch mal hier.«

Philip kabelte, daß seine Rückkehr sich um ein paar Tage verzögern könnte, und bat um Nachricht, wie es Marylin und dem Kinde geht. Die Schwester drahtete nach einem Telephongespräch mit dem Arzt, daß beide sich vollkommen wohl befinden.

Odette wurde gebeten, mit ihrem Besuch noch zwei Tage zu warten, ebenso Mrs. Glinn, die gleichfalls telephonisch angefragt hatte.

Die Sache in Cleveland war nicht ganz so einfach, wie Glinn es gern gesehen hätte. Es tauchte der Verdacht auf, daß Glinns wilde Kauflust in Gefahr war, einem Manöver zum Opfer zu fallen.

Glinn ließ sich von Philip während der Nacht in seiner Wohnung anrufen und genau Bericht erstatten. Als das Geschäftliche erledigt war, rief er in den Apparat: »Hab' vor zwei Stunden mit der Schwester gesprochen, 's geht alles großartig. Hab' das Kind am Telephon schreien gehört. Doktor läßt dir sagen, du kannst ruhig dort bleiben.«

Am fünften Tag riet die Schwester den Kolleginnen aus der Real Silk, doch erst dann zu kommen, wenn die Wöchnerin außer Bett sei: »Übermorgen können Sie sie schon im Sessel sehen. Ich habe heute vormittag Mrs. Newton und Mrs. Glinn denselben Rat gegeben.«

Philip blieb eine Woche fort. Er kam mit dem Morgenzug über Buffalo.

Die Möbel waren wieder in ihre alte Ordnung gebracht, Marylin saß am Fenster des Wohnzimmers im Schaukelstuhl, den man fixiert hatte.

Sie hielt den Kopf zur Seite geneigt, als horche sie auf das erste Geräusch vom Treppenhaus her, das ihr Philips Kommen anzeigen würde.

Ihr Gesicht und die Arme, die sich fest auf die Seitenlehnen des Schaukelstuhles stützten, waren sehr bleich, ihr Blick war auf die Tür gerichtet, sie sah in vollkommener Ruhe dem entgegen, was nun unausweichbar war.

Die Schwester hielt sich im Vorzimmer auf.

Philip bemerkte nicht, daß es eine andere Schwester war. Sie grüßte nur flüchtig und verschwand schnell ins Treppenhaus: Sie hätte unten eine Kleinigkeit zu besorgen und werde bald wieder zurück sein.

Philip hatte den Mantel anbehalten und den Hut in der Hand. Er blieb, als wollte er die Heftigkeit seines Heranstürmens zügeln, im Türrahmen stehen, dann stürzte er vor Marylin auf die Knie, griff nach ihren Händen, drückte sie gegen seine Schläfen und küßte ihre Fingerspitzen. Dann suchte er, aufwärts schauend, Marylins Blick, der jetzt zu lächeln schien.

Ohne sich zu erheben, fragte er mit zärtlich gedämpfter Stimme: »Wo – wo ist es denn?«

Marylin wies ihn mit einer Bewegung des Kopfes nach dem Schlafzimmer, Philip sprang in die Höhe und ging auf den Fußspitzen hinein.

Marylin starrte ihm nach.

*

Sie hatte nur Sekunden zu warten, bis er wieder sichtbar wurde.

Er hielt eine Hand vorn an der Kragenöffnung, sein Gesicht war verzerrt, er stieß heiser hervor: »Wa... wieso ist das? Wieso ist das Kind? Der ... Hund! Der Hund!«

Ein kurzer, gehässiger Blick aus seinen irren Augen flog zu Marylin hinüber.

Er rannte durch die beiden Türen hinaus. Am Lift bewahrte ihn ein Griff nach dem Druckknopf davor, mit dem ganzen Körper gegen das Gitter zu schlagen.

Er hörte nicht, was Marylin von ihrem Schaukelstuhl aus mit leiser, zitternder Stimme hinter ihm her rief, indem sie ihre beiden Hände gegen die Tür streckte, durch die er das Zimmer verlassen hatte: »Ich hab's ... Ich hab's nicht gewollt ...!«

VIII.

Am Nachmittag kam Odette.

Sie setzte sich neben Marylin auf einen niedrigen Stuhl und streichelte ihre Hand. Beide schwiegen.

Jetzt rollten ein paar Tränen über Marylins unbewegtes Gesicht.

Odette stand auf: »Ich möchte es gern sehen.«

Sie ging ins andere Zimmer, brachte das Kissen mit dem Kind herein und setzte sich wieder auf ihren Stuhl an Marylins Seite. Odette sah, daß der Blick der Mutter auf dem Kind ruhte und sprach eine Weile lang kein Wort.

Dann begann sie zu plaudern: »Keiner von uns, Marylin, hatte eine Ahnung, keiner hat irgend etwas gemerkt. Ihr habt es, weißt du, sehr geschickt vor uns allen verborgen.«

»Wir? – Wer ist das: Wir?«

»Nun, du und –«

»Ich und wer?«

»Nun, mein Gott, du und – du und Harley.«

»Wer?! Harley? Wieso – wieso der?«

»War's denn – Marylin, war's denn ein anderer?«

Odette hielt das Kind im Arm, sagte das alles sehr harmlos und sah Marylin ruhig ins Gesicht.

Als Newton sie heute mittag ins Hotel rief und er und Philip ihr alles erzählt hatten, war sie von diesem Bericht freilich sehr überrascht gewesen. Aber nun war das, was sie gehört hatte, in ihrem Bewußtsein bereits eine Tatsache geworden. Wie diese Tatsache sich hier, in Marylins Fall, zeigte, sah sie wohl anders aus als sonst; dennoch blieb es das gleiche Ereignis, wenn auch mit der Besonderheit, daß der dritte ein farbiger Mann war.

Während die beiden Männer ohnmächtig tobten, hatte sie sehr bald den Gedanken gefaßt, sich um Marylin zu kümmern. Kein Einwand hatte sie daran zu hindern vermocht, sofort hierherzukommen. Sie hielt es für ganz natürlich, daß sie nicht aufhörte, zu Marylin wie zu einer Freundin zu sprechen, und sie war erstaunt, daß Marylin diese unerschütterte Freundschaft nicht zu erwidern schien.

Es konnte nur Harley gewesen sein. Wer sonst? Patterson kam nicht in Betracht. Auch Charlie und Philip hatten nicht einen Augenblick daran gezweifelt, daß es Harley war.

Aber Marylin antwortete nicht.

Warum? – War es ein anderer, einer, den sie überhaupt nicht kannten?

Odette wandte den Blick und sah auf den kleinen dunkelhäutigen Kopf des Kindes hinab.

Es entging ihr, daß durch Marylins Körper ein Zittern lief, daß ihre Augen aufblitzten, daß sie sich mit einem Ruck Beherrschung aufzwang und daß sie dann wieder so still dasaß wie vorher.

In diesem Zittern, in diesem wilden Blick, in dem Wunsch, laut aufzuschreien, und in dem übermenschlichen Zwang, den sie sich auferlegte, es nicht zu tun – in alledem war, obwohl es blitzschnell vorüberflog, ein großes und völlig unerwartetes Erlebnis zusammengepreßt.

Als Philip hinausgestürzt war und sie ihm mit so leiser Stimme, daß die Worte ihn nicht erreichten, nachgerufen hatte: »Ich hab's nicht gewollt ...«, da hatte sie gedacht, jetzt weiß er alles, jetzt ist der Vorhang von meinem Geheimnis fortgerissen, jetzt kann ich das alte Bild aus seinem Versteck im Koffer hervorholen und ihm sagen: Sieh her, Philip, diese Negerin war meine Mutter!

Aber nun war etwas ganz Neues da!

Das mit Harley, so wie Odette es gesagt hatte, das glaubten sicher auch Philip und Newton und der alte Glinn – alle.

Vielleicht war es gut so. Warum die Qual hinausschreien, die dieser Verdacht in ihr anzündete? Warum? Was würde damit besser werden? Nichts! Sicher war es gut so, daß sie das glaubten.

Auch als Odette wieder aufblickte und Marylins Augen noch einmal fragend suchte, schwieg Marylin.

Odette erhob sich und trug das Kind wieder ins Schlafzimmer zurück.

Als sie wiederkam, sagte sie, wie um einen Fehler gutzumachen: »Ich wollte nicht neugierig sein, Linnie. Du hast ganz recht, behalt's nur für dich. Ich will nicht wissen, wer es war. Vielleicht ist's besser für den Prozeß, daß du es niemanden sagst.«

*

Glinn ließ es nicht, wie damals, als er von dem Konzertbesuch hörte, dabei bewenden, daß er seinen Abscheu nur vor sich hinbrummte. Er brüllte drei-, vier-, fünfmal »Schweinerei!«, und so laut, daß Newton ängstlich nach der kleinen Glastür vor Glinns Arbeitsraum sah, hinter der der große Zeichensaal lag.

Philip stand mit gesenktem Kopf an der Ecke von Glinns Schreibtisch, auf das polierte Holz fielen rasch hintereinander ein paar große Tränen, die er mit dem Rockärmel wegwischte.

Glinn ging auf Philip zu: »Du wirst auch damit fertig werden. Es ist eine verdammt dreckige Geschichte, aber du wirst schon durchkommen. Heul' nur. Heul' dich ruhig aus. Lass' uns inzwischen für dich denken.«

Er ging um den Tisch herum und ließ sich in seinen breiten Stuhl fallen: »Ich werde dir einen Brief an Hiram

MacKellar geben oder, noch besser: Ich werde telephonieren und ihm alles Nötige selbst sagen. MacKellar ist ein erster Mann, steht bei den Gerichten in großem Ansehen. Wenn er 'ne Sache führt, hat sie von Anfang an 'n anderes Gesicht. Wer weiß, was diese Person jetzt für Künste spielen lassen wird, du mußt auf alles gefaßt sein.«

Ein scheuer Blick Philips wollte ihn zu einer vorsichtigeren Redeweise veranlassen, erreichte aber das Gegenteil. »Sie wird alle möglichen Tricks spielen lassen«, schrie er, blutrot im Gesicht, »sie wird es! Eine, die so was tut, die sich mit einem – pfui Teufel! ... So eine ist zu alledem imstande!« Er hob seine Faust gegen Philip. »Daß du mir ja nicht weich wirst, in Einzelheiten, meine ich. Wenn's auch weh tut – rausreißen! Raus und Schluß! Und sofort anfangen, in vollem Tempo zu arbeiten, damit du den ganzen Dreck möglichst schnell vergißt. Sie sind doch in allem meiner Meinung, Mr. Newton?«

Newton nickte kurz.

»Geben Sie ihm ein anständiges Zimmer in Ihrem Hotel, lassen Sie ihn heute nicht allein und bleiben Sie besonders abends so lange wie möglich mit ihm zusammen. Bei MacKellar melde ich dich für morgen früh an.«

Da läutete das Telephon, Odette verlangte Newton zu sprechen, der das Hörrohr ans Ohr nahm, es dann niederlegte, um zu berichten: »Meine Frau war bei ihr. Sie meint, es ist nicht einmal ganz sicher, ob's der Sänger war oder ein anderer.«

»Es interessiert uns auch gar nicht, mein Herr«, fuhr Glinn ihn an, »mit welchem schwarzen Tier sie sich eingelassen hat! Aber wenn Sie mich hier noch einmal besuchen wollen, Mr. Newton, dann verbieten Sie Ihrer Frau, daß sie sich um die Person kümmert. Vielleicht liegt's auch sonst in Ihrem Interesse, daß ich Ihnen diesen Rat gebe.«

Als Newton spät nachts nach Hause kam, beeilte er sich, Glinns Rat zu befolgen. Aber Odette war wenig geneigt, Glinns Rat zu befolgen. »Warum soll ich tun, was Mr. Glinn verlangt? Ohne ihn wärest du nie auf den Gedanken gekommen. Ich nehme zur Kennnis, daß du es wünschst. Sei damit zufrieden.« Dann ging sie dazu über, sich von Newton alle Einzelheiten berichten zu lassen.

»Sag', Charlie, wieso hat Phil es nicht sofort gemerkt, noch bevor er nach Cleveland fuhr?«

»Wir haben uns dieselbe Frage vorgelegt. Philip und ich waren am Nachmittag im Hospital und hatten eine Unterredung mit dem Doktor. Er sagt, daß man es meist erst später merkt, manchmal schon nach ein paar Stunden, bisweilen auch erst nach mehreren Tagen.«

»Ach so, das habe ich nicht gewußt. Und – sie hätte auch Glück haben können, dann wäre nichts herausgekommen, dann säßen wir jetzt drüben bei Garretts und Philip wüßte sich vor Glück nicht zu halten. Hm, ich möchte aber doch gerne wissen, wer es war und wie es gekommen ist; Harley scheint es nämlich wirklich nicht zu sein.«

Da schrie Newton sie an: »Es interessiert mich nicht, mit welchem schwarzen Tier sie sich eingelassen hat! Ich hab' dir verboten, sie je wieder zu sehen, und ich erwarte, daß du das tust, was ich wünsche.«

Hiram MacKellar war ein alter Herr mit rosiger Haut, kleinen, liebenswürdigen Augen und einem schneeweißen Scheitel über der faltenlosen Stirn.

»Ich bin«, so empfing er Philip, »durch meinen Freund Glinn über alles unterrichtet. Ich brauche Sie nicht viel zu fragen, es kann ja nicht zweifelhaft sein, wie Sie die Sache erledigt wissen wollen. Es kam Ihnen ziemlich überraschend? – Hm, das ist ja meist so. Komplikationen werden kaum auftreten, wir stehen ja vor einem einfachen und sehr klaren Tatbestand. Ich vermute, es wird sich in den nächsten Tagen irgendein Kollege bei mir melden und einiges herauszuschlagen versuchen, wir werden nicht viel Mühe haben, solche Zumutungen abzuweisen. Sie haben, Mr. Garrett, die Wohnung verlassen? Geben Sie, bitte, draußen Ihre jetzige Adresse ab und auch die Adresse der – die Adresse der anderen Partei. Sie werden beide von mir hören, ich bitte Sie wieder zu mir herauf.«

Die Einladung zum zweiten Besuch bei MacKellar erhielt Philip schon am übernächsten Tag durch einen telephonischen Anruf ins Office der Individual Home.

MacKellar ließ Philip auf einem Stuhl Platz nehmen, der seinem Arbeitssessel gegenüberstand. Aber er selbst setzte sich nicht, sondern begann eine Promenade kreuz und quer durch sein Zimmer.

MacKellar war kleiner, als man vermutete, so lange er saß. Sein Rücken war ein wenig geneigt, er hielt die Hände hinten am Rockschoß gefaltet.

»Sie hat keinen Kollegen geschickt. Sie war selbst da. Bitte, Mr. Garrett, es hat sich an der Rechtslage nichts geändert, nicht das geringste. Aber die Sache läßt sich etwas anders an, als ich mir vorgestellt habe.«

*

Er ging im Zimmer umher, Philip war bemüht, ihn nicht aus den Augen zu verlieren.

»Der persönliche Eindruck – da ist etwas nicht in Ordnung. Ist Ihre ... ist die ... ich meine: Ist sie eigentlich eine verschlagene Person?«

Es dauerte eine Weile, bis Philip antworten konnte. Die Frage und besonders der Tonfall, in dem sie gestellt war, kam ihm überraschend.

»Verschlagen ... ich habe es nie bemerkt.«

»Na ja, das will nicht viel sagen. Sie haben ja auch anderes nicht bemerkt, Mr. Garrett.« MacKellar hatte eine farblose Art zu reden; wenn er etwas scharf betonen wollte, bekam seine Stimme einen kalten, metallischen Klang. »Ich denke nur nach, Mr. Garrett. Vielleicht überflüssigerweise, da sie uns alles sehr bequem macht. Ich denke nur nach, ob sie uns nicht eine Falle stellt, indem sie so nachgiebig ist. Sie will alles unterschreiben und möglichst schnell die Wohnung verlassen, damit Sie nicht nötig haben, lange im Hotel zu wohnen. Ich hab' schon daran gedacht, ob man sie nicht durch 'nen Detektiv beobachten lassen sollte. Es wär' nämlich sehr peinlich, wenn sie uns einfach aus den Augen käme. Es soll ja, wie ich höre, ihre Gewohnheit sein, so zu verschwinden.«

MacKellars Gänge dauerten noch immer an. Philips Blick folgte ihm sprachlos überall hin. »Sie hat das Kind mitgehabt. Wenigstens glaube ich, daß das Kind in dem Bündel war, das sie da drüben auf dem Tisch niedergelegt hat. Sie sagte: ›Entschuldigen Sie, mein Herr‹, als sie's niederlegte.«

»Wie sah sie denn aus?«, ließ Philip sich entschlüpfen.

»Hm, ganz hübsch. Noch 'n bißchen mitgenommen von der Geschichte, aber wirklich ganz hübsch. Und gar nicht so, daß man es ihr zutraute.« Aber dann wurde der Alte plötzlich lebhaft, seine Stimme bekam wieder jenen besonderen Klang.

»Nein, ich mach's nicht! Sie sagt nämlich, sie wolle sich keinen Anwalt nehmen. Sie will alles unterschreiben, sie will keinen Streit, es sei doch nur 'ne Formalität. Ein Anwalt, sagt sie, kostet schrecklich viel Geld, und sie hat keines.«

»Geld wird sie wahrscheinlich wirklich nicht haben.«

»Mag doch der schwarze Kerl zahlen!«, trompetete der Alte. »Soll sie sich's doch von ihm zahlen lassen! Hätt' sie sich's vorher überlegt!«

»Und wie sind Sie mit ihr verblieben?«

»Verblieben! Rausgeschmissen hätt' ich sie, wenn ich nicht fürchtete, daß sie sich aus dem Staub macht. Wir wollen ja die Sache in Ordnung bringen. Über kurz oder lang werden Sie ja doch wieder heiraten wollen, 's sind ja nicht alle so.«

»Was wollen Sie tun, Mr. MacKellar?«

»Wissen Sie, Mr. Garrett, ich vermisse an Ihnen den nötigen Ekel vor der Peson.«

»Den nötigen Ekel, wie Sie es nennen, Mr. MacKellar, hab' ich eigentlich nur in einem einzigen Augenblick gehabt, wie ich das Kind sah natürlich. Wenn ich jetzt an sie denke – aber nicht wahr, Sie werden's Glinn nicht wiedersagen –, wissen Sie, dann begreife ich die ganze Geschichte nicht.«

»Ich würde Ihnen empfehlen, Mr. Garrett, so oft wie möglich an das Kind zu denken und auch an den Häuptling, der Ihnen das Ei ins Nest gelegt hat. Und vor allem an die Rolle, die das Unschuldskind dabei gespielt hat. ›Entschuldigen Sie, mein Herr‹, hat sie gepiepst und wirklich ganz hübsch dabei ausgehen. Stellen Sie sich, bitte, den Vorgang selbst recht oft und recht genau vor, das wird Ihnen schon helfen. Aber das ist ja Ihre Sache, das geht mich nichts an. Was wir tun wollen, haben Sie gefragt? Na, im Notfall natürlich lieber 'nen Anwalt bezahlen als zusehen, daß sie davonläuft und uns auslacht. Ich hab' schon mit 'nem Kollegen gesprochen, zu dem ich sie schicken will. Sie wird morgen nochmal zu mir kommen. Ich werde Sie wieder verständigen, lieber Garrett, so schnell wie möglich versteht sich. Grüßen Sie Glinn.«

Der Richter Stevenson stand im Ruf, ein sehr humaner Richter zu sein. Man sah es ihm nicht an. Das unpersönliche schmale Gesicht und die goldgeränderte Brille des kaum vierzigjährigen Mannes ließen eher auf einen trockenen Gelehrten und auf exakte mechanische Befolgung der Gesetzesparagraphen schließen, ohne Neigung, auf das einzugehen, was hinter den nackten Tatsachen liegt. Und doch verließen Hunderte von wiederversöhnten Ehepaaren sein Zimmer, das sie mit dem Wunsch, getrennt zu werden, betreten hatten.

Manche waren dafür dankbar und schickten ihm alljährlich an dem Tage, der sie wieder zusammengeführt hatte, kleine Geschenke, besonders Blumen. Andere kamen mit steigender Verbitterung immer wieder zu ihm, so oft bis er einsah, daß er nicht helfen konnte. Besonderen Eifer wandte er jugendlichen Ehepaaren zu und solchen Fällen, in denen ein Teil gegen den Willen des anderen die Freiheit verlangte.

Er hatte, wenn ein Paar bei ihm eintrat, in den meisten Fällen keine Ahnung von dem, was sie trennte. Er vermied es nach Möglichkeit, Akten zu studieren, ließ absichtlich lieber die Menschen auf sich wirken, gleichviel, ob sie vor ihm zu streiten begannen oder in stummer Entschlossenheit schwiegen.

Marylin und Philip traten aus zwei verschiedenen Türen gleichzeitig in sein Zimmer.

Marylin heftete ihren Blick sofort auf die Augengläser des Richters, sah überhaupt nichts im Zimmer als die Brillengläser und hinter den Gläsern die Augen, die sich bemühten, unbeteiligt zu erscheinen.

Philip hatte es nicht vermeiden können, Marylin einen Augenblick lang anzusehen. Sie hatte das Bündel mit. Der Richter ließ beide vor seinem Tisch stehen, keine zwei Meter voneinander entfernt.

»Wie lange verheiratet?«

»Über drei Jahre.«

»Streitigkeiten wegen Geld?«

»Nein.«

»Wieviele Kinder?«

»Wie alt?«

»Zwei Wochen.«

Der Richter hatte sich mit den Fragen an Philip gewendet, Philip antwortete leise; bevor er die letzte Antwort gab, machte er eine kleine Pause.

Stevensons kurz angebundene Art war der übliche Umweg, auf dem er zu einem weniger amtlichen Ton gelangte.

*

»Also was kann's denn da Schlimmes geben? In einer Zeit, in der andere Ehepaare sich vor Glück gar nicht zu halten wissen.«

Keine Antwort, obwohl seine Augen fragend von Philip zu Marylin hinüberglitten und dann wieder zurück.

»Also, was ist's denn? Kommt ihr vielleicht wegen eines dummen, häßlichen Streits zu mir? Dazu habe ich keine Zeit.«

Wieder keine Antwort. Die beiden standen so da, daß sie einander beinahe den Rücken zuwandten. Die Pause dauerte ziemlich lange.

Dann unterbrach der Richter das Schweigen: »Wenn das Kind erst zwei Wochen alt ist, soll die Frau nicht so lange stehen. Reichen Sie ihr den Stuhl von dort drüben. So. Und nehmen Sie ihr doch das Kind ab.«

Die beiden fuhren auseinander. Marylin war von dem Stuhl, auf den sie sich eben gesetzt hatte, erschreckt aufgesprungen.

»Lassen Sie den Mann das Kind halten, es muß Sie ja anstrengen.«

Marylin schüttelte eigensinnig den Kopf. Philip trat noch einen Schritt weiter zu Seite.

»Lassen Sie mich doch einmal das Kind sehen.«

Marylin sagte trotzig »Bitte!« und zog den Schleier weg, der über den Kopf gebreitet war. Dann tat sie einen

Schritt vorwärts und hielt dem Richter das Kind hin. »Da, da haben Sie es!«

Der Richter Stevenson hatte wohl alles andere eher erwartet als das, was er sah. Er sprang auf und fuhr Marylin an: »Nehmen Sie's weg! Nehmen Sie's sofort wieder weg! Wenn die Dinge so stehen, kann ich Ihnen nicht helfen.«

Marylin gab ebenso laut und hefig zurück: »Ich hab' nicht verlangt, Richter, daß Sie mir helfen! Ich will die Sache in Ordnung haben, sonst nichts!«

Der Richter trat hinter seinen Stuhl und machte eine Grimasse des Abscheus. »Wozu haben Sie dann das Zeug hierher mitgebracht? Wozu? Sind Sie vielleicht besonders stolz darauf?«

Da beugte Marylin sich vor und schrie so, daß die Adern an ihrem Hals anschwollen und ihre Stimme sich überschlug: »Es ist kein Zeug! Es ist kein Zeug! Es ist mein Kind, mein, mein, mein Kind, das niemanden etwas angeht, nie - manden, nie - manden!«

Sie versuchte einen Augenblick lang sich an der Tischkante festzuhalten, dann sahen die beiden, wie ihr Kopf nach rückwärts sank und wie sie, ihr Kind an sich pressend, einem Sack gleich zu Boden fiel.

Durch ihr Stöhnen klangen halb verständlich ängstliche Schreie, sie wurde erst still, als sie, im Nebenzimmer auf ein Lager gebettet, erwachte und man ihr versicherte, daß dem Kind nichts geschehen war.

IX.

Die kleinen Schiffe, die von New York aus südwärts nach den westindischen Inseln fahren und nach den Häfen des schmalen Festlandstreifens, der die beiden Amerika miteinander verbindet, dienen hauptsächlich dem Transport von Früchten und nehmen nur nebenher Passagiere mit.

Ums oberste und ums zweite Deck läuft je ein Kranz kleiner Kabinen. Kein weißer Passagier würde eine der unteren Kabinen benützen, kein Farbiger erhebt Anspruch auf eine der oberen. In dem kleinen Speisesaal werden die Mahlzeiten zweimal serviert. Zuerst essen die Farbigen, nachdem sie sich zurückgezogen und die Stewards neues Gedeck aufgelegt haben, ruft der Gong die weißen Passagiere.

Das ist kein Gesetz, es steht auch nirgends ein Wort darüber im Reglement der Schiffahrtsgesellschaft, dem sich alle Passagiere unterworfen haben; trotzdem wird nie gegen diesen Brauch der Zweiteilung verstoßen.

Marylins Kabine lag ziemlich mittschiffs, aber sie war geräuschvoll und heiß durch die Nähe des Maschinenraums. Ihre Kabinengenossin war eine gelähmte alte Negerin. Die Kranke war in einem Tragstuhl aufs Schiff gebracht und die Treppe hinuntergetragen worden, sie blieb während der ganzen Fahrt unten, saß tagsüber in dem Stuhl an der offenen Luke. Das seidene Hauskleid, die Ringe an den Fingern, die Süßigkeiten, von denen sie immer einen Karton neben sich stehen hatte, und die Blumen, die ringsum im Raume verteilt waren, zeugten davon, daß sie eine reiche Frau war.

Marylin beruhigte die Alte in der ersten Minute darüber, daß das Kind sie nicht stören werde. »Sie gibt keinen

Ton von sich, nur wenn sie Hunger hat. Ich werde aufpassen und ihr immer pünktlich die Brust geben, lieber etwas zu früh. Man hat ja während der Fahrt nichts zu tun, also kann ich leicht pünktlich sein.«

»Ihr fahrt wohl runter, euch den Großeltern zu zeigen? O, die werden eine Riesenfreude haben.«

»Nein, nein, Großeltern hat sie nicht mehr, nur einen alten Onkel, den wir besuchen wollen.«

Die Spitze von Manhattan war kaum außer Sicht, da war Marylin schon in eine Unterhaltung mit der Alten verwickelt.

Man stellte fest, daß Marylin bis zur zweiten Insel fuhr, zum ersten Hafen, an dem sie anlegten, also nur fünf Tage an Bord blieb, während das Ziel der Alten der Hafen von British-Honduras war, in dem das Schiff auf seiner Rundfahrt erst am neunten Tage anlangte.

»Höchste Zeit, daß ich wieder nach Hause komme und nach dem Rechten sehen kann. Jim hat geschrieben, daß ich ihm überall fehle, in der Wirtschaft und auch im Laden, trotz meiner kranken Beine. Alles gerät in Unordnung, wenn ich nicht da bin.«

»Ihr habt 'nen Laden?«, fragte Marylin, aber mehr um irgend etwas zu sagen als mit dem Wunsch, eine Antwort zu hören.

»Ja. Kleider, Hemden, Hüte und alles, was Männer brauchen; und außerdem die zwei Häuser mit 'nem halben Dutzend Mieter.«

Marylin packte ihr Toilettenzeug aus und verstaute die einzelnen Stücke in dem kleinen Schränkchen über dem Waschnapf. Die Alte sah die Dosen und Tuben und nickte ihnen Beifall.

»Habt ihr auch 'nen Laden? Oder nein, er hat gewiß 'nen Platz in 'nem Office.«

Marylin bestätigte es mit einer Kopfbewegung.

*

»Schöne Stadt, euer New York. Kann schon verstehen, daß die jungen Leute alle hinauf wollen in die Staaten. Ist dein Mann auch von den Inseln?«

»N...ein. Er ist ... er ist aus Montgomery, Alabama und ich bin auch in den Staaten geboren, in Baltimore. Mammie hat dorthin geheiratet, aber ihr Bruder, der Onkel, zu dem wir fahren, ist nie von der Insel weggekommen.«

Die Alte wurde für die Passagiere des unteren Decks bald eine Art gesellschaftlicher Mittelpunkt. Die Kabinentür stand immer offen; jeder, der vorüberging, trat für ein paar Minuten ein, plauderte eine Weile, bis er dem nächsten Besucher Platz machte. Am längsten mußte, so oft er kam, Dr. D. F. Alexander dableiben, der in Harlem, dem New Yorker Negerviertel, den Ruf eines ausgezeichneten Chirurgen genoß. Er trug modisch geschnittene Anzüge, meist helle, als wären sie ausgesucht, um das Mahagonybraun seiner Hautfarbe noch deutlicher hervortreten zu lassen; eine Hornbrille ließ ihn älter erscheinen, als er war.

»Ach, Doc, wenn wir so einen wie Sie bei uns hätten, und wenn er so oft zu mir käme, da wollte ich noch einmal zu hoffen anfangen, daß es mit den Beinen wieder besser wird. Aber wir haben keinen einzigen, der was taugt.«

Doktor Alexander mußte von seiner Klinik in der Lenox-Avenue erzählen, und von allen Fällen, in denen es ihm gelungen war, Lähmungen zu kurieren, von allen Massagen und Elektrisierkuren, auch über sein Einkommen mußte er genaue Auskunft geben.

»Ja,« rief die Alte, als sie die Ziffer hörte, und klatschte dabei in die Hände, »wenn der farbige Mann studiert, ist er genau so viel wert wie ein Weißer. Alle Farbigen sollten ihre Kinder auf die Hochschule schicken, alle, alle! Hast du gehört, kleine Mutter, was er verdient? He, da kann deiner nicht mit, wie? Sag's nur ruhig, der Doktor hat's auch gesagt, sag's nur ruhig: Was bringt er am Wochenende nach Hause? Achtundzwanzig oder dreißig oder wieviel?«

Da wandte Marylin, die gerade mit dem Kind beschäftigt war, den Kopf und gab's ihr zurück: »Fünfzig! Fünfzig bringt er jede Woche nach Hause, nie einen Cent weniger.«

Der Doktor warf ihr einen Blick zu, in dem sich Respekt und Zweifel mischten, die Alte forschte weiter: »Fünfzig? Was für 'ne Art Office ist denn das?«

»Eine Bau-Company. Architekt ist er, nach seinen Plänen werden ganze Straßen gebaut.«

Doktor Alexander hielt es für wichtig, dem zu widersprechen, was die Alte vorher gesagt hatte: »Es wäre ein großes Unglück, Madam, wenn alle Farbigen ihre Söhne Ärzte werden ließen oder Rechtsanwälte oder Architekten. Es muß bei jedem Volk auch Handelsleute geben und Handwerker und Arbeiter und Lastträger und alles das.«

»Wenn sie nur nicht so ekelhaft schmutzig wären!«, ereiferte sich die Kranke. »Und so schrecklich ordinär! Ein weißer Mann kann nie so schmutzig und so ordinär sein wie ein Farbiger.«

Jetzt wurde der Doktor sehr ernst: »Also finden Sie es wohl auch in der Ordnung, daß die Farbigen im Süden in einen besonderen Eisenbahnwaggon gepfercht und aus den anderen Wagen hinausgejagt werden? Daß sie im Theater und im Kino nur auf bestimmte Plätze gehen dürfen? Und daß wir hier unten wohnen müssen und man mir ins Gesicht lachen würde, wenn ich eine Kabine auf dem ersten Deck verlangte?«

Er redete sich mit jeder neuen Aufzählung in eine heftigere Erregung. »Nein, nein, das dürfen Sie nicht sagen, Madam, nicht einmal so leichthin. Das sind sehr ernste Dinge, wenigstens für uns in den Staaten. Auch wenn der Neger schmutzig ist – es gibt Weiße, die es nicht weniger sind! Nein, so was dürfen Sie nicht wieder sagen. Und jetzt adieu, ich werde morgen wieder nach Ihnen sehen.«

Als er fort war, gab die Alte klein bei. »Ja, bei euch in den Staaten ist es anders als bei uns. Das hab' ich in der Zeit gesehen, die ich in New York verbracht habe. Wir, Jim und ich, sind natürlich englische Untertanen und alte Leute, die keine Kinder haben. Zu unserer Zeit – Jim ist siebenundsechzig und ich sogar ein paar Monate älter –, zu unserer Zeit haben sie gesagt, man muß nur sehen, in die Höhe zu kommen, das ist die Hauptsache. Wir hatten, als wir heirateten, zusammen acht Pfund, und jetzt haben wir den Laden und die beiden Häuser. Aber das ist wahr: Wenn der farbige Mann es zu etwas gebracht hat, dann wird er von den Weißen, die weniger haben, deshalb besonders neidisch angesehen, weil er ein Farbiger ist.«

Der schmale Gang, der außerhalb der Kabinen ums obere Deck herumlief, war in den Prospekten der Schifffahrtsgesellschaft als Promenadendeck bezeichnet. Er war an einigen Stellen immerhin so breit, daß eine Reihe von Liegestühlen hingestellt werden konnte.

Das Promenadendeck stand natürlich allen Passagieren zur Verfügung, den weißen und den farbigen.

Viele der Weißen waren Touristen, die dem New Yorker Winter für eine Zeit nach den Tropen entflohen, meist nur für zwei bis drei Wochen einschließlich der Reise. Sie waren sehr verschieden gekleidet, manche trugen, da es noch kalt war, Wintermäntel oder gar Pelze, andere froren, weil sie die für die Tropen bestimmte Garderobe nicht länger im Koffer oder Kabinenschrank ließen, sondern sie schon jetzt vorzeitig benutzten. Von den Vergnügungsreisenden unterschieden sich deutlich diejenigen, die die Reise in Geschäften machten oder aus Familiengründen.

*

Marylin verbrachte täglich eine oder zwei Stunden an der frischen Luft. Das Kind nahm sie nur mittags mit hinauf. Jetzt war sie allein oben, die Sonne verschwand bereits hinter einer Wolkenwand dicht über dem Horizont.

Sie war zweimal auf ihrem Rundgang an Doktor Alexander vorübergangen, der, über die Reeling gebeugt, dem Sonnenuntergang zuschaute. Bei der dritten Begegnung wandte er sich um und grüßte. »Wie geht's? Wie übersteht Ihr Kleines die Fahrt?«

»Danke, Doktor, ich glaube, es merkt nichts von der Veränderung.«

»Wenn's dann warm wird – und das kommt meist plötzlich –, müssen Sie immerhin vorsichtig sein. Rufen Sie mich, sobald Sie etwas Ungewohntes bemerken.«

»O, vielen Dank, Doktor.«

»Und die Alte? Ja, ich war gestern nicht sehr höflich zu ihr. Hab' nicht dran gedacht, daß sie irgendwo unten lebt und nichts von unsrem Kampf in den Staaten weiß. Aber wo sie auch lebt – so wenig Verständnis für unsere Brüder, die sie schmutzig und ekelhaft nennt! Es wird ihr nichts geschadet haben, wenn sie aus meinen Worten herausgehört hat, daß wir jüngeren Leute nicht so in den Tag hinein leben und mehr über das Problem nachdenken. Gehen Sie viel in Versammlungen?«

»Nein.«

»Sehr unrecht. Wir können uns gar nicht genug mit dem Problem beschäftigen. Immerfort hören und die eigenen Gedanken mit anderen austauschen! – Und Ihr Mann?«

»Was denn –?«

»Aber Ihr Mann, meine ich, der geht doch in Versammlungen?«

Marylin sah über die Reeling hinweg aufs Wasser hinaus: »Nein ... mein Mann geht auch nicht in Versammlungen.«

»Ach, ach, das ist nicht gut. Nein, das ist gar nicht gut, daß Sie am Problem unserer Rasse so wenig Anteil nehmen.«

Marylin hatte ihre Stellung nicht verändert. »Ich nehme ... nein, das kann man nicht sagen, daß ... daß ich am Problem der Rasse keinen Anteil nehme. Das kann man nicht sagen, Doktor Alexander.«

»Aber wie? Abends zu Hause sitzen, beim Radio oder jeden Tag ins Kino laufen – nein, nein, das ist nicht gut. Ein Mann, der eine solche Stellung hat – das solltet ihr nicht tun. Gerade wir, die wir etwas erreicht haben, wir müssen immerfort zu den Brüdern reden, in den Klubs und Versammlungen. Aber wahrscheinlich will er Sie nur für sich haben, wahrscheinlich ist er eifersüchtig auf jeden, der Sie anschaut.«

Der Doktor, der in Harlem wohl oft so zu seinen Patienten und zu anderen redete, bemerkte nicht, daß Marylins Hand sich krampfhaft um die Eisenstange schloß und daß ein gequältes Lächeln in ihrem Gesicht zuckte. Er fuhr achtlos fort: »Wahrscheinlich sehen Ihnen auf der Straße oft auch weiße Männer nach. Kann mir's denken, kann mir vorstellen, daß mancher keine Ahnung hat, wohin Sie gehören.«

Er wollte weiterreden, aber Marylin spürte, daß sie der Unterhaltung ein Ende machen mußte. Sie sagte, ohne daß das Zittern ihrer Stimme allzu deutlich bemerkbar war: »Es wird kalt, Doktor, ich muß hinunter. Entschuldigen Sie – ich muß zum Kind, es ist jetzt seine Zeit.«

Sie ging geraden Schrittes bis zur Tür, die ins Schiffsinnere hinunterführte.

In der Kabine empfing sie die Alte mit der Nachricht, daß abends oben im Speisesaal ein Tanz für die Passagiere stattfindet. »Wenn's mir nicht der Junge von Nummer 41 gesagt hätte, ich hätte es nie erfahren. Dabei ist es schon seit dem Lunch angeschlagen. Aber ihr erzählt mir ja nichts, was draußen los ist. Könntest dich, kleine Frau, anziehen und für eine Stunde hinaufgehen, wenigstens zuschauen.«

Aber als der Tanz begann, kamen allmählich alle farbigen Passagiere herunter, zeitiger als sonst und ohne eine Verabredung. Nach einer Weile saßen in der Kabine der beiden Frauen ein halbes Dutzend Besucher, nicht einer mehr hätte Platz gefunden. Der Junge von Nummer 41 verschwand plötzlich mit einer Miene, als bereite er eine große Überraschung vor. Dann kam er mit einer Flasche Fruchtsaft, und kurz nachher brachte der Kammersteward Sodawasser und Gläser auf einem Tablett.

Der Junge setzte sich mit dem Rücken gegen die Holzwand auf den Boden, zog ein kleines Zupfinstrument unter der Jacke hervor und begann zu singen:

Nicht am ersten Abend, Baby!
Vielleicht auch kommt der Abend nie –

und noch ein paar andere Schlager aus dem Repertoire der Harlemer Nachtlokale. Dann ging er zu ernsterem über:

O wie bald, o wie bald
Darf ich abtun meine schwere Last
Wie gut wird des Engels Kleid mir steh'n
Mußt' hier schon durch Pein und Schmerzen geh'n.
O wie bald, oh wie bald
Darf ich abtun meine schwere Last.

Doktor Alexander klatschte am lautesten und stellte, sobald sich der allgemeine Applaus gelegt hatte, fest: »Das ist das Beste, was wir tun können, unsere alten Lieder singen, ja, das ist das Beste.« Daran knüpfte er etwas, was beinahe eine Versammlungsrede war. Er sprach wieder vom Problem und von der Notwendigkeit, immerfort an das Problem zu denken. Zwischendurch rezitierte er mit zitterndem Pathos einige Gedichte der jungen Harlemer Dichtergenerationen und fragte zuletzt: »Heute nachmittag hab' ich auf diesem Schiff mit einer Schwester gesprochen – ich nenne ihren Namen nicht –, mit einer Schwester, die im Wohlstand lebt und glücklich ist, die aber trotzdem nichts von den Dingen weiß, die Millionen unserer Brüder bewegen; und ihr Mann weiß auch nichts davon. Beide leben sie gedankenlos und ohne einen Anteil am Schicksal unseres Volkes. Ich werde ihren Namen nicht nennen, aber ich sage nur: Nein, das darf man nicht tun.«

Als er zu Ende war, stimmte die Alte ihm eifrig zu: »Nein, nein, das soll man nicht tun.«

*

Als die Flasche mit dem Fruchtsaft leer war, spendierte der Doktor noch zwei Runden aus der Bar, wobei jeder wählen konnte, was er gern trank. Es wurde viel erzählt und debattiert, so daß Marylin einen schweren Kopf hatte, als sie kurz vor Mitternacht in ihr Bett hinaufging.

Die leise Musik, die vom Tanz bis hierher drang, schläferte sie ein. Aber bald hörte sie ein Geräusch, wie wenn die Nadel des Grammophons über eine zu Ende gespielte Platte kratzte.

Sie erwachte, das Geräusch kam von unten: Es war die Alte, die so regelmäßig schnarchte, daß man kaum hoffen konnte, sie werde bald aufhören.

Marylin stützte sich, so weit es ging, auf die Ellbogen und blickte hinunter. Am Fußboden lag, wie immer in den aufgeklappten Handkoffer gebettet, das Kind. Ein schwacher Lichtstreif, der vom Gang her durch einen Schlitz in die Kabine fiel, lief quer über den kleinen, dunklen Fleck.

Das Geräusch dauerte fort. Nein, es würde sicher so bald nicht aufhören.

Marylin stieg vorsichtig die Leiter herunter, warf ihr Hauskleid über, das am Haken hing, und ging über die hohe Schwelle der Kabinentür, die auch nachts offen stand, auf den Gang hinaus. Nur die Notlampen brannten, es sah alles anders aus als bei Tag, es war ganz still.

Als sie oben die Tür öffnete, die aufs Promenadendeck führte, hielt sie mit der anderen Hand ihr Kleid am Hals zu, in dem Glauben, die Nachtluft werde kalt sein. Aber sie trat wie in einen lauen Raum. Der Wandel zum Tropischen hatte sich fast plötzlich vollzogen, entweder während sie in der Kabine saßen und debattierten oder während der Stunde, die sie geschlafen hatte. Das Schiff glitt übers Meer wie über ein endlos weites Stück schwarzlackierten Holzes. Der Himmel zeigte mehr Sterne als in irgendeiner Nacht vorher, auch die kleinsten waren klar sichtbar als winzige Punkte.

Sie ließ die Hand, die ihr Kleid zuhalten wollte, sinken; daß das Kleid sich öffnete, gab ihr keine Kühlung.

Dort im Winkel standen zusammengeklappt und auf einen Haufen geräumt die Liegestühle. Sie zog einen hervor, bis ganz nahe an die Reeling, wo am Tage nie ein Stuhl stand, da er sonst den Bewegungslustigen der Passgiere im Wege gewesen wäre.

Das war seit Wochen die erste Stunde ruhigen Alleinseins. Der Weg zum Advokaten oder ins Bureau der Schifffahrtsgesellschaft, keine Sorge, ob die Ziffer, die im Bankbuch stand, reichen und wieviel übrig bleiben werde, oder was sie verkaufen würde, wenn es nicht reichte.

Es war alles richtig ausgegangen. Als sie am Morgen vor der Abfahrt dem Advokaten telephoniert hatte, daß die Wohnung frei sei, daß sie die Tür zuschlagen und die Schlüssel auf dem Wohnzimmertisch zurücklassen werde, als sie dann den Chauffeur und den Mann am Hafen bezahlt hatte, der ihr den Koffer an Bord trug, war ihr noch immer ein Drittel ihrer Ersparnisse geblieben, fast so viel, wie sie bei der Real Silk in einem Monat verdient hatte.

Was wäre gewesen, wenn sie dieses Geld nicht im Bankbuch gehabt hätte? Was hätte dieser kalte Mr. MacKellar gesagt, wenn sie um einen bestimmte Summe hätte bitten müssen? Was hätte er Philip zu antworten geraten und was hätte Philip geantwortet? Aber es war unnötig, an alles das zu denken, da das Geld da war und gereicht hatte.

Die Ereignisse der letzten Wochen glitten noch einmal an ihr vorüber, ein Wandelbild, das in verkehrter Folge abrollt.

Das Zimmer des Richters. Sie weiß: Hier neben dir steht Philip, sieh nicht hin, du bist nicht sicher, wie du es ertragen würdest; dann, als Befreiung aus diesem Krampf, daß sie schreien durfte, bis ihr die Sinne schwanden.

Philips Rückkehr aus Cleveland, wie er ins Zimmer stürmte, vor ihr kniete und ihre Hände küßte, während sie dachte: Jetzt fühlst du zum letzten Mal seinen Kopf.

Dann die Nacht, bevor das Kind kam, seine Ungeduld und ihre Furcht; ihr Glück, als sie das Kind zum ersten Mal sah, später die wachsende Unsicherheit und die entschlossene Frage an die Schwester: »Ist es nicht dunkler geworden?« und die harte Antwort der Schwester: »Ja.«

Jenes harte »Ja« der Schwester, die Bestätigung, daß das Kind die Merkmale ihrer Rasse trug, daß es ein farbiges Kind war, dieses »Ja« war nach langer, zitternder Ungewißheit die Entscheidung.

Von dem Augenblick an, als Marylin die Antwort gehört hatte, sah sie alles voraus, wie es dann auch kam. Die Schläge, die auf sie niedergesaust waren, hatten geschmerzt und gebrannt, aber sie waren nicht unerwartet gefallen.

Wofür wurde sie geschlagen? Marylin versuchte nicht einen Augenblick, sich glauben zu machen, daß sie unschuldig war, daß sie zu unrecht gestraft wurde. Aber sie suchte vergebens das zu finden, was ihre Schuld war.

Hatte sie sich in Chicago nicht sorgsam genug versteckt? Sie kannte nur ihr Office, ihr kleines Zimmer im Nordwesten der Stadt und den Weg zwischen den beiden. War es ihre Schuld, daß Philip sie eines Tages in der Hochbahn sah und ihr in den kleinen Laden folgte, den gewohnten Ruhepunkt auf dem Heimweg?

War sie nicht vor ihm geflohen? Von Chicago nach Cleveland und von Cleveland nach New York?

Sie hatte seinem Werben zähen Widerstand entgegengesetzt; sie wollte, als er vom Heiraten zu sprechen begann, seine Geliebte werden; sie hatte versucht, ihn zu einer Ehe ohne Kinder zu überreden, aber er hatte kaum hingehört.

Immer war sein starker Wille gegen sie, bis er ihren Willen niedergerungen hatte, bis sie das wollte, was er wollte, und mochte es auch ihr Unglück sein.

*

Warum sie ihm nichts von ihrer Mutter gesagt hatte? Mein Gott, wie oft hatte sie es tun wollen! Aber sie verschob es immer wieder, beinahe von einem Tag auf den andern. Immer war die Furcht dazwischengetreten, er würde sie auf der Stelle verlassen, wenn sie es ihm sagte. Und sie wollte ihn ja behalten, gerade das war das einzige, was sie nicht wollte: daß er sie verließ.

Sie suchte nach einer Schuld und fand nichts als ihre Liebe zu Philip, der eben – das war das Unglück –, der eben ein weißer Mann war.

Er hatte sie in seine Welt geführt, zu den Newtons und zu den Glinns, und sie war dort zu Hause gewesen. Alle hatten es ihr so leicht gemacht. Sie dachte an die zärtlichen Blicke des alten Glinn, sie erinnerte sich an den ersten Abend, wie er bei Tische neben ihr saß und seitwärts nach ihrer Schulter blickte und an ihrem nackten Arm abwärts.

Jetzt war das alles zu Ende. Jetzt fuhr sie auf diesem Dampfer nach dem Süden, hatte ihren Schlafplatz auf dem Deck, das den Farbigen gehörte.

Gestern abend hatte sie dort unten in ihrer Kabine gesessen mit der Alten im Tragstuhl, mit Doktor Alexander aus Harlem, mit dem Jungen, der Negerlieder sang, und mit den anderen; sie hatten geplaudert und Sodawasser mit Fruchtsaft getrunken, und es war alles so gewesen, als könnte es gar nicht anders sein.

Durch die laue Luft dieser tropischen Nacht flog es ihr zu: Sie war in Philips Haus und unter seinen Freunden immer nur zu Gast gewesen.

Zu Hause war sie nur hier, unter den Brüdern und Schwestern von gestern abend.

Sie hätte sie nie verlassen sollen, sie hätte härter sein sollen gegen Philips Verführerwillen und gegen ihre Liebe zu ihm. Sie hätte sich in jedem Augenblick der Versuchung das Unausbleibliche vor Augen halten müssen: daß auf dem Rückwege von jenen zu diesen Schläge niedersausten.

Sie fühlte unter dem leichten Gewand ihre schwere Brust. Sie dachte wie immer zärtlich an den Augenblick, in dem sie das dunkelhäutige Kind an ihren weißen Körper legte und es dort gierig die ersten Züge tat, dieses Kind, das ihr Schicksal war, weil es ihr den Weg dorthin wies, wohin sie gehörte.

Sie saß noch eine Minute still, lehnte den Kopf nach hinten; sie spürte seit langem wieder Ruhe und Frieden in sich und schloß, während ein Lächeln um ihren Mund spielte, die Augen.

Ein erfrischender Wind kühlte die Luft ab, der Morgen mußte nahe sein.

Sie stand auf und ging um die Biegung am Bug des Schiffs nach der anderen Seite des Promenadendecks. Dort hellte sich am Horizont der Himmel leicht auf, gegen den fliederfarbenen Streif stand dunstig die niedrige Silhouette einer kleinen Insel. In regelmäßigen Abständen zuckte, gegen die Dämmerung kämpfend, das schwache, mattgrüne Licht eines Leuchtturms auf.

Während des Tages glitten noch viele andere Inseln vorüber, größere und kleinere, manche kahl und flach, andere mit felsiger Küste und grünen Hängen.

Nachmittags richteten die Passagiere ihre Gläser auf die erste der größeren Inseln, an der sie auf dieser Route nicht anlegten; das Schiff fuhr mehrere Stunden hindurch an ihr entlang.

Am nächsten Morgen kam frühzeitig, mango- und palmengrün, die zweite der großen Inseln in Sicht: Marylins Ziel.

Zwei Stunden später beschrieb das Schiff einen weiten Bogen, erreichte in langsamer Fahrt das Innere der Bucht, an der die Hauptstadt lag, und stampfte an den Pier.

Es war ein klarer Vormittag, die Sonne goß scharfes, gelbes Licht über das Bild des kleinen Hafens.

Von unten blickte winkend und Tücher schwenkend, lachend und suchend die Menge zum Schiff herauf, ein paar Weiße in Tropenhelmen, die Mehrzahl farbig in allen Schattierungen: ebenholzschwarz, bronzebraun, mahagonigetönt, zitronengelb, manche auch fast weiß.

Marylin stand an der Reeling, das Kind im Arm, ihr Blick glitt langsam die Reihe der Wartenden entlang. Sie hatte ein Kabel geschickt, das ihre Ankunft melden sollte, aber sie kannte niemanden von ihren Verwandten, sie war ja zum erstenmal hier.

Dort unten stand ein großer, breitschulteriger Mann, aufrecht trotz des grauen Haars über dem tiefdunklen Gesicht des Vollblutnegers.

Ob das Onkel William war, Mammies Bruder? Er stand großartig da im frischgewaschenen weißen Beinkleid, dem naturfarbenen Leinenjacket über dem blauen Hemd und dem breitrandigen Strohhut in der einen Hand, während er sich mit der anderen den Schweiß von der Stirne wischte.

Er sah aus wie ein Mann, der über irgendetwas die Aufsicht führt; Onkel William war ja so etwas wie ein Aufseher in einer Zuckerplantage. Er sah auch jenem Bilde ähnlich, das Mammie von dem Bruder besessen hatte und an das Marylin sich jetzt nach vielen Jahren erinnerte.

Es dauerte eine geraume Zeit, bis die Formalitäten am Tisch der Beamten erledigt waren. Marylin war unter den letzten, deren Name gerufen wurde.

*

Als sie endlich über Treppe und Steg an Land ging, von einem wilden Kerl gefolgt, der ihren Koffer trug, stand der Alte noch immer da wie vor einer Stunde, unbeweglich, jeden musternd, der vom Schiff kam.

Marylin ging auf ihn zu: »Onkel William?«

Er breitete die Arme aus, rief »Marylin!«, umfaßte und küßte sie immer wieder, bis er sich beruhigte und mit einer vorsichtigen Handbewegung gegen das Kind hin mit seinem tiefen Baß sagte: »Wußte gar nicht, daß ihr ein Baby habt. Ist wohl noch ganz jung, erst ein paar Wochen alt? O, wie lieb es ist!«

Onkel William war seit vielen Jahren Witwer. Myrtle, die ältere der beiden Töchter, war frühzeitig in die West Indian Steamship Company eingetreten und hatte sich dort vom Listenschreiben bis zur Leitung eines Bureaus in die Höhe gearbeitet. Adassah, die zweite, hatte mit geringerem Aufwand an Fleiß und Zähigkeit dem Vater auf andere Art Freude bereitet, indem sie mit achtzehn Jahren den jungen Johnny Bain Alves heiratete, Thomas Bain Alves' Sohn, der in der Hauptstraße das Kontor seiner Fruchthandlung hatte und ein wohlhabender Mann war.

Der alte Bain Alves hatte dem jungen Ehepaar draußen vor der Stadt ein kleines Haus gebaut mit einem Garten und so komfortabel, wie es nur die reichsten der Farbigen auf der Insel hatten. Als Marylins Kabel ankam, ohne Angabe über die Dauer ihres Aufenthalts bei den Verwandten, war es keine Frage, daß sie in diesem schönen Haus bei Johnny und Adassah wohnen sollte.

Onkel William brachte sie in seinem kleinen Auto vom Hafen zu den jungen Bain Alves hinaus.

Der Weg führte ein paar Minuten lang durch das Zentrum der Stadt an niedrigen Geschäftshäusern vorbei, mündete dann in eine palmengesäumte Asphaltstraße. Sie passierten den Markt, auf dem hunderte farbiger Frauen vom Land Gemüse und Früchte feilboten mit lautem Rufen und Handeln. Dann blieb links der große Park liegen, vor dessen Eingangstor ein Denkmal der Königin Viktoria steht – die Insel ist ja englische Kolonie –, dann wurde es ländlicher, Gärten wechselten mit Feldern, hier und da stand eine Werkstatt oder eine kleine Fabrik.

Die schnelle Fahrt ließ Marylin die tropische Hitze weniger empfinden, trotzdem fühlte sie den krassen Wechsel gegen das winterliche New York, das sie vor fünf Tagen verlassen hatte.

Adassah lief auf ein Hupzeichen dem Auto aus dem Haus bis zur Gartentür entgegen und empfing Marylin mit Kuß und Umarmung. Sie ließ ihr ein Bad herrichten, dann nahmen die beiden jungen Frauen allein ihr Lunch, denn Onkel William war bald wieder zu Stadt zurückgefahren, um erst gegen Abend mit Johnny und Myrtle wiederzukommen.

Für Marylins Kind zu sorgen, bereitete keine Schwierigkeit, weil auch Adassah ein Baby hatte, noch keine drei Monate alt und, im Gegensatz zur dunklen Mutter, hellhäutig, da es den Bain Alves nachgeraten war, die auf zwei weiße Ahnen, beide portugiesischer Abstammung, sehr stolz waren.

Adassah zeigte der Cousine das Haus. Es hatte nur das Erdgeschoß, das fünf Zimmer enthielt; um drei seiner Seiten lief eine offene, nicht sehr breite Veranda, die Küche war eine abgesonderte Hütte im Hof an der Rückfront.

Das Häuschen lag vielleicht zwanzig Meter von der Fahrstraße entfernt, im Hintergrunde des Gartens, der noch jung und schattenlos war.

Marylin hatte ihr eigenes Zimmer mit einem großen, breiten Messingbett und einer blauen Ampel darüber; sie sah, es war Adassahs Zimmer, da es neben dem zweiten Schlafraum lag, den das Ehepaar gemeinsam bewohnen würde, so lange der Gast da war.

Im großen Wohnzimmer stand neben der Bibliothek ein Grammophon mit stattlichem Plattenvorrat, die meisten der Platten sind populäre Tanzstücke. Überall hingen und standen Photographien, Marylin lernte von vielen Sportbildern Johnny kennen, der bis zu seiner Heirat Tennischampion der Insel war, auch Myrtle war oft abgebildet, etwas knochig, mit einer Hornbrille; viele Photos zeigten einen andern Teil der Familie Bain Alves', der drüben auf Kuba lebte.

Marylin hatte ihre Koffer ausgepackt, Adassah half ihr beim Aufbügeln ihrer Kleider, die vom Koffer zerdrückt waren. Die beiden Frauen plaudern, als wären sie alte Freundinnen, Adassah sprach von »Phil«, Marylin sagte ebenso geläufig »Johnny«.

Johnny hat Myrtle und Onkel William in seinem Auto aus der Stadt mitgebracht.

Alle hatten sich zum Nachtmahl umgezogen. Johnny ist im Abendanzug mit steifer, glänzender Hemdbrust, Onkel William begnügt sich mit dem unmodischen schwarzen Rock. Die drei Frauen – Marylin ist dem Beispiel der anderen gefolgt – könnten so, wie sie hier sitzen, in einem der großen Hotels in New York oder Chicago zu Abend essen. Wahrscheinlich ist es nicht immer so, wahrscheinlich nur an Sonntagen und bei besonderen Anlässen, aber man will Marylin zeigen, daß ihr Besuch allen eine Freude ist, und auch, daß man weiß, was sich gehört.

Der Gast aus den Vereinigten Staaten bekommt alle Kostbarkeiten der Insel serviert, die Avocadobirne, deren weiches Fleisch nicht süß ist, sondern mit Pfeffer und Salz genossen wird, später gibt's eiergelbes Ackergemüse und gebackene Brotfrucht; bevor man sich zu Tisch gesetzt hat, ist der Southsidepunsch serviert worden, in dem Pfefferminzblätter schwimmen.

Das alles ist Marylin neu, sie sitzt unter Menschen, die sie zum ersten Mal sieht, und doch ist die Unterhaltung sofort zwanglos. Marylin muß wieder von Philip erzählen: daß er zwar seit der Collegezeit selbst keinen Sport mehr treibt, aber fürs Boxen und für den Fußball viel Interesse hat, daß sie Patterson persönlich kennt, von dem man natürlich auch hier weiß, schließlich daß die Individual Home Philip sehr hochschätzt und daß ganze Straßenzüge nach seinen Plänen bebaut werden.

Später am Abend stellt sich Reverend Fullerton von der Wesley-Kirche ein, um Marylin zu begrüßen. Er ist ein Schotte, der seit dreißig Jahren auf der Insel lebt, Junggeselle und in Myrtles und Adassahs Kinderzeit ihr Lehrer gewesen; er ist später Onkel Williams Haus treu geblieben und jetzt hier, bei Johnny und Adassah, häufiger Gast. Er ist ein großer, magerer Mann, vollkommen kahl; die kleinen, braunen Augen hinter den scharfen Brillengläsern blickten lustig, klug und gütig.

Reverend Fullerton kommt, wie immer, als man eben im Begriff ist, die Mahlzeit zu beenden, er hebt sozusagen die Tafel auf. Er erzählt Marylin zu Ehren aus der Geschichte der Insel, aus den Zeiten, als die Hauptstadt ein tolles Seeräubernest gewesen war, von den ersten Missionären, die hierhergekommen waren, von der Einführung des Zuckerrohrs und des Brotbaums. Aber er erzählt nicht lehrhaft, sondern setzt oft Anekdoten und Scherze in seine Rede, so daß von Zeit zu Zeit ein lautes Lachen durchs Zimmer hallt.

*

Als er mit seiner großen, dunklen Zigarre, die er mitgebracht hatte, zu Ende war und Johnny ihm eine zweite gereicht hatte, gibt er das Zeichen dazu, den Rest des Abends im Freien zu verbringen; alle folgen ihm auf die Veranda, wo in einer Reihe – denn die Veranda war schmal – eine Anzahl bequemer geflochtener Sessel stehen.

Myrtle bringt in kleinen Glasschalen Kokosmilcheis heraus, Johnny läßt vom Zimmer her das Grammophon ein paar Tänze spielen, Marylin sitzt jetzt stumm in ihren Sessel zurückgelehnt und blickt zum sternenbesäten, tiefblauen Tropenhimmel.

Reverend Fullerton, Onkel William und Myrtle verabschieden sich frühzeitig. Die beiden Mütter gehen zu den Kindern, um ihnen die letzte Milchration des Tages zu geben; Marylin ist damit einverstanden, daß die Babies auch über Nacht beieinander bleiben.

Sie zieht sich in ihr Zimmer zurück, schläft bald ein und träumt von Philip: Er erzählt ihr, seine Haut sei deshalb so hell, weil es in seiner Familie zwei weiße Ahnen gab, beide portugiesischer Abstammung, aber seine Mutter, die sei ganz dunkel gewesen, fast so dunkel wie Onkel William.

X.

»Komm', Philip, nimm einen Tee. Komm', setz' dich hierher.«

»Aber – das ist Charlies Platz.«

»Charlie kommt erst später nach Hause. Er hat einen Weg in die untere Stadt, auf dem Heimweg holt er das Kind ab.«

»Ich dachte, euch alle zu treffen, Odette.«

»Du wirst sie noch sehen. Die Kleine ist bei einer Freundin – ja, unsere kleine Marylin hat schon Freundinnen, macht Besuche und empfängt welche. Nächsten Monat wird sie vier Jahre.«

»Vier Jahre –?«

»Ja. Mir ist's recht, Philip, daß wir eine Weile allein sind und unter vier Augen reden können.«

»Was besonderes, worüber du sprechen willst?«

»Nein ... und ja.«

»Was gibt's?«

»Nicht wahr, Philip ... nicht wahr, du denkst oft an Marylin?«

»Hast du mich herkommen lassen, um mich danach zu fragen?«

»Nicht nur dazu. Den ganzen Tag über hab' ich's kaum erwarten können, bis du kamst, und jetzt weiß ich nicht, wo anfangen. Wart', laß mir ein bißchen Zeit. Du denkst sehr oft an Linnie, Philip. Unterbrich mich nicht! Ich weiß, es ist so. Du schläfst öfter, als du irgend jemanden eingestehen willst, mit Gedanken an sie ein und wachst morgens mit Gedanken an sie auf. Es hat dir nichts genützt, daß du die Wohnung aufgegeben hast; es ist so, wie ich sage. Nein, denk' nicht, daß ich dich quälen will, wirklich nicht. Es gehört dazu.«

»Was soll das alles, Odette? Was willst du von mir?«

»Ich weiß nicht, ob es die anderen auch wissen. Vielleicht wissen sie's und schweigen. Aber es gibt Dinge, über die ich nicht schweigen kann, über die ich reden muß. Ich bin doch anders als ihr, ich bin mitten unter euch doch Französin geblieben. Ich will offen mit dir reden. Du tobst und wütest gegen Marylin – und zugleich sehnst du dich nach ihr. Es ist jetzt beinahe ein Jahr her, daß sie fort ist, aber du bist sie nicht los, du liebst sie, wie du sie immer geliebt hast, mag der alte Glinn schreien, so viel er will. Als ich damals kurz nach eurem Auseinandergehen zu dir kam, des Bildes wegen, das sie zurückgelassen hatte ...«

»Das Bild ihres Vaters?«

»Ja. Als ich zu dir kam, das Bild zu holen ...«

»Weißt du etwa doch, wo sie ist?«

»Ja. Ich weiß, wo sie ist. Ich weiß es seit damals.«

»Und warum hast du es geleugnet?«

»Weil – ich es versprochen hatte. Weil ich mein Wort gegeben hatte, es nicht zu sagen, Philip.«

»Und jetzt darfst du es sagen?«

»Nein. Das heißt – ich bin jetzt bereit, es zu sagen, als ob ich es nie versprochen hätte.«

*

»Warum jetzt? Wem hast du es versprochen? Ihr selbst? Hast du sie gesehen?«

»Nein. Sie hat damals einem Mädel aus der Real Silk geschrieben, daß sie das Bild ihres Vaters haben will, aber keiner von uns sollte wissen, wo sie ist.«

»Und ...?«

»Ich hab's aus dem Mädel doch herausgekriegt. Ich hab' drei Tage lang mit ihr herumgestritten, bis sie's gesagt hat. Ich hab' ihr erklärt, daß ich nichts an dich ausrichte, wenn sie's mir sagt. Schließlich hat sie nachgegeben. Aber ich hab' ihr versprechen müssen, daß du's nicht erfährst.«

»Wo ist Marylin?«

»Warum fragst du danach? Würdest du zu ihr gehen, wenn du hörtest, daß sie dich braucht? Oh, ich weiß es, mein Freund, du würdest zu ihr gehen. Wenn du nur sicher wärst, daß es niemand erfährt!«

»Laß das, Odette. Wozu alte Geschichten aufrühren? Laß das, es ist besser so.«

»Manchmal muß man die Katze wecken, wenn sie schläft. Du würdest Marylin gern wiedersehen und mit ihr sprechen. Warum leugnest du es?«

»Wäre Charlie hier, ich bin sicher, er würde dir verbieten, so zu reden.«

»Wahrscheinlich würde er es tun. Aber er ist nicht da. Wir sind allein, und was wir sprechen, geht nur uns beide an.«

»Ist ... ist Marylin in New York?«

»Nein.«

»Nicht in N...? Weit weg?«

»Fünf Tage zur See. Und wenn sie hier wäre? Warum sprichst du nicht offen zu mir? Ich fände dich weder lächerlich noch verächtlich, mein Freund, wenn du die Wahrheit sagtest. Ich weiß es, ich als Frau fühle es: Wenn Marylin in New York wäre, wenn du wüßtest, daß sie's erlaubt, wenn du wüßtest, daß du nur irgendwo in einem Lift hinaufzufahren brauchtest, an einer Tür zu läuten und ihren Namen zu nennen, um vor ihr zu stehen – du tätest es, du tätest es sofort.«

»Aber ... wüßte ich denn, wie sie lebt, wer bei ihr ist –?«

»Und wenn sie hier hinter dieser Mauer wäre und ich sagte es dir und sagte dir auch, daß sie allein ist? Philip, du würdest dich, wenn es keinen anderen Weg zu ihr gäbe, du würdest dich mit deinen Fingernägeln zu ihr durchgraben, du würdest keinen Schmerz spüren, auch wenn deine Finger bluteten –.«

»Odette!!«

»Aber sie ist ja nicht hier, sie ist weit weg. Ich will nur, Philip, daß du den Mut hast, ehrlich zu mir zu reden, weil ich sehe, daß dein Herz voll ist, mein lieber Freund und daß du zu den anderen nicht reden darfst.«

»Freilich, Odette ... es war damals alles so gewaltsam. Als wir vor dem Richter standen, hab' ich mich mit allen Kräften beherrscht. Ich wollte nur eine Minute mit ihr allein sein, sie fragen, wie es denn möglich war, daß sie das getan hat. Ja ... das ist wahr: Ich hab' mir niemals verziehen, daß ich nicht noch einmal mit ihr gesprochen habe. Solche Jahre – wer kann solche Jahre einfach aus seinem Leben streichen? Aber was hätte sie mir antworten können, wenn ich sie gefragt hätte, warum sie es getan hat? Es gibt keine Antwort, keine Erklärung, keine Entschuldigung. Du hast recht, Odette, ich denke oft an Marylin und ich sehne mich nach ihr, nach der Zeit, in der wir zusammen waren. Aber dann denke ich an das Kind, dann rufe ich mir den Augenblick in Erinnerung, in dem ich es auf dem weißen Kissen sah, als ich aus Cleveland zurückkam. Und dann wird mir klar, daß es gut so ist, wie es ist. Aber warum hast du von alledem angefangen, Odette? Sprichst du – sprichst du etwa in ihrem Auftrag? Hat sie dir geschrieben?«

»Nein, sie hat mir nicht geschrieben.«

»Aber vielleicht – hat sie damals das Bild nur zurückverlangt, damit du auf diesem Wege erfährst, wo sie ist.«

»Ein Trick? Nein, Philip. Sicher nicht. Aber gewiß war es auch kein Zufall, daß sie dieses Bild, das Bild ihres Vaters, bei dir zurückließ, als sie fortging; ein Bild ihrer Mutter hätte sie, wenn sie eines besaß, gewiß nicht bei dir vergessen.«

»Das verstehe ich nicht –.«

»Du kannst es nicht verstehen.«

»Ich glaube, Odette, du willst nichts anderes, als uns wieder zusammenbringen. Du hast es schon einmal gewollt, als ich vor unserer Heirat bei dir war, um mich mit dir zu beraten.«

»Ich weiß nicht, ob ich euch wieder zusammenbringen will. Ich würde die Verantwortung nicht tragen können. Du wirst dich selbst entscheiden müssen. Ich habe dich hergebeten, Philip, ich habe Charlie und das Kind weggeschickt, weil ich dir etwas Wichtiges sagen muß.«

»Was ist denn los?«

»Ich habe – also vor einer Woche habe ich Patterson getroffen, den schwarzen Boxer.«

»Hör' auf, von der Bande zu reden. Wenn du noch ein Wort von ihnen sprichst, stehe ich auf und gehe weg.«

»Du wirst nicht weggehen, du wirst dableiben, bis ich zu Ende bin. Ich hab' nicht nur Patterson gesprochen, sondern auch Harley.«

»War ... Marylin dabei?«

»Nein. Als Charlie mir sagte, daß Patterson angekommen ist und wie gewöhnlich im Hotel wohnt, habe ich ihn angerufen. Wir haben uns gesehen und ich habe ihm alles erzählt. Er hatte von nichts eine Ahnung. Als er's hörte, ist der Riesenkerl plötzlich – er war plötzlich wie ein kleines Kind. Er hat mich ganz scheu und verängstigt angesehen, seine Finger trommelten auf der Tischplatte ein hilfloses Spiel, und es dauerte eine Weile, bis er überhaupt ein Wort herausbrachte. Zuerst stotterte er: ›Es ist alles Unsinn.‹ Und dann: ›Harley muß sofort nach New York kommen.‹«

»Ah, wie sie zusammenhalten! Ich will von der ganzen Geschichte nichts wissen, Odette. Laß es, red' nicht weiter. Du weißt es jetzt, ich hab's ohnehin schwer genug mit mir.«

*

»Vielleicht wirst du es leichter haben, wenn du mich anhörst. Gestern kam Harley, er ist mitten in einer Tournee, er geht jetzt nach dem Süden.«

»Er reist herum – ob er wohl begreift, was er angerichtet hat?«

»Philip, ich sage dir: Er hat nichts angerichtet. Es hat nie etwas zwischen ihm und Marylin gegeben.«

»Wer war's also? Ein Fremder? Einer, den wir alle nicht kannten? Wer war's denn?«

»Philip – es war keiner. Hör' gut zu, Philip, und begreife es: Es war keiner!«

»Was heißt das?«

Philip stand gegen den Türpfosten gelehnt, ein wenig zu Odette hin vorgebeugt, die auf ihrem Stuhl am Tische sitzen blieb, während sie weitersprach.

Als Newton zwei Stunden später mit dem Kinde nach Hause kam, war Philip schon fortgegangen.

IX.

Glinn erfüllte ohne Zögern Philips Wunsch nach einem Urlaub. Er ließ wie gewöhnlich seine große Hand auf Philips Schulter niederfallen: »Gut, drei Wochen. Und wenn du länger bleiben willst, hast du im voraus meine Einwilligung; es ist mir lieber, du gehst jetzt fort, im Sommer brauch' ich dich.«

Dann ging er, die Hände in den Hosentaschen, in die andere Ecke seines Verschlages: »Ich hab' dich seit damals nicht aus den Augen gelassen, Junge. Aber jetzt, denk' ich, kann man's wohl schon riskieren. Übrigens, wenn ein Frauenzimmer dahintersteckt – in Gottesnamen. Aber bring' sie nicht zu mir, damit ich sie vorher besehe. Ich bin daraufgekommen, daß der alte Glinn von Bräuten nichts mehr versteht.«

Die Wolkenkratzerkulisse an der Spitze der Landzunge Manhattan ist in klare, kalte Wintersonne gebadet. Das Bild verschwindet, als die kleine »Santa Marta«, die den New Yorker Hafen verläßt, eine leichte Linksschwenkung nach Coney Island hin macht. Dann gewinnt sie das offene Meer und nimmt bald den Kurs nach Süden.

Es ist noch früh im Winter, noch keine Reisesaison. Es sind kaum drei Dutzend Passagiere an Bord, Philip hat daher eine Kabine für sich allein.

Im Speisesaale wird ihm sein Platz am Doktortisch angewiesen; es sind nur zwei Gedecke aufgelegt.

Der Doktor ist ein kleiner, breitschultriger Mann, kahlköpfig, mit beträchtlichem Bauch. Er führt große Bissen zum Munde, kaut sie schnell und gründlich. Er weiß, was seine Pflicht gegen den Tischgenossen ist. Er fragt, um einen Fingerzeig für die Konversation zu bekommen, ob Philip zum erstenmal hinunterfahre und wie weit.

Dann erzählt er ihm, wie er's immer mit Neulingen bei der ersten Mahlzeit tut, vom Geschäft der Gesellschaft und den Vorzügen ihrer Schiffe: daß die Company unten überall Riesenplantagen besitze, daß die Schiffe hauptsächlich dem Transport von Früchten dienen und daß der Personenverkehr daneben kaum in Betracht komme, da die Passagierdampfer nach dem Süden nur zweimal im Monat verkehrten. Aber auf den Schiffen sei, so klein sie waren, alles vorzüglich organisiert. Er erklärt Philip die Trennung des oberen Decks vom unteren, und daß die Farbigen ihre Mahlzeiten vorher serviert bekommen. Er persönlich habe nichts gegen die Farbigen, er sei Kanadier, aber diese Zweiteilung, das müßte er sagen, sei eine kluge Maßnahme. »Es sind manchmal nette, gebildete Leute unter den Schwarzen. Aber es ist schon gut so, wie es gehandhabt wird. Nur kein Durcheinander.«

Am Abend macht Philip im Mantel mit hochgeschlagenem Kragen einen Spaziergang ums Promenadendeck. Es ist eine windstille, schwarze, kalte Nacht. Er steht an der vorderen Biegung des Promenadendecks, blickt in der Fahrtrichtung aufs Wasser. Er sieht nichts als vorn am Bug den abgeblendeten Schein des Signallichts.

Wohin ging's?

Er horcht auf das Stampfen der Maschine. Die Zylinder stoßen, sie treiben das große Rad, an dem er nachmittags vorübergegangen ist, und auch die Schraube, die das Wasser wegschaufelt.

Er tut einen tiefen, sehnsüchtigen Atemzug. Er ist nicht ungeduldig, aber er wünscht doch schon jenseits der sechs Tage und sechs Nächte zu sein, die er auf diesem Schiff verbringen wird.

Zwei andere Passagiere gehen mit kurzen, schnellen Schritten ums Promenadendeck. Er merkt, daß sie sich vorgenommen haben, eine bestimmte Anzahl von Rundgängen zu absolvieren, daß sie die Rundgänge zählen. Er will es auch tun. Er will zwanzigmal an dieser Tür, die ins Schiffsinnere führt, vorübergehen.

Er beginnt seinen Weg und zählt. Es geht immer rundherum: sechs – sieben – acht, immer rundherum. Er denkt an die Karussellfahrt eines Frühlingssonntags im Central Park; ihm fällt das Musikstück ein, das damals die Drehorgel spielte.

Dreizehn – vierzehn – fünfzehn. Noch fünf Runden. Noch fünf Runden, während deren ein kleiner Teil der Zeit vergeht, die im ganzen sechs Tage und sechs Nächte ausmacht. Die Schraube schaufelt ununterbrochen das Wasser weg, das ihn von seinem Ziel trennt.

Achtzehn – neunzehn – zwanzig.

Jetzt geht er langsam in seine Kabine, kramt noch eine Weile im Koffer, hängt einen Anzug für den nächsten Tag heraus, legt sich nieder und horcht auf das Stoßen der Maschine, die das Schwungrad treibt und die Schraube.

Am nächsten Morgen ist er allein beim Frühstück, nirgends ist ein Passagier zu sehen. Ist er so früh da oder so spät?

Er will seine zwanzig Runden erledigen. Aber er hört nach der fünften auf, es ist kalt und neblig. Er öffnet im Salon das Klavier, schlägt mit einem Finger ein paar Töne an, läßt den Deckel wieder fallen. Er wirft sich im Mantel fröstelnd in einen der Lederfauteuils.

*

Niemand außer Odette weiß von dieser Reise. Was würden die anderen sagen? Sicher hätten sie versucht, ihn zurückzuhalten. Er hat nicht gefürchtet, daß es ihnen gelingen könnte, und doch hat er's keinem gesagt.

Wozu? Wen ging's etwas an? Was haben sie ihm dafür gegeben, daß er damals auf sie gehört hat, willenlos und zugleich in der dunklen Ahnung, etwas Unrechtes zu tun? Er hat nicht einmal zu einem von ihnen über die erbärmliche Qual dieses Jahres sprechen dürfen.

Odette war anders. Er hätte schon früher mit ihr reden sollen, Odette war gut zu ihm. Aber sie behandelte ihn immer wie einen dummen Jungen. Er wollte nicht undankbar sein für das, was sie getan hatte. Aber er wollte jetzt seinen Weg allein gehen, ohne sich zureden zu lassen; niemand brauchte ihm zuzureden, jetzt wußte er, was er zu tun hatte.

Beim Lunch meinte der Doktor: »Sie hätten ein paar Wochen später reisen sollen, dann hätten Sie unten alles in seiner höchsten Pracht gesehen, in der glühenden Winterpracht, die die Leute aus dem Norden immer überrascht, von der sie etwas nach Hause mitnehmen, auch wenn sie nur eine Woche unten waren.«

Der Nachmittagstee wurde an einem Tisch im Rauchsalon ausgeschenkt. Jeder konnte hingehen, sich seine Tasse füllen zu lassen und bekam einen Teller mit zwei Kuchenstücken. Hierhin kamen heute alle Passagiere, denn es war kalt. Es gab, obwohl ihrer so wenige waren, doch ein Gedränge um den Tisch.

Philip hielt die gefüllte Tasse und den Kuchenteller in der Hand, wollte sich rückwärts wegbalancieren, um denen Platz zu machen, die hinter ihm standen. Links von ihm verlangte ein kleiner brauner Junge zwei Tassen und zwei Kuchenteller und wiederholte immerfort: »Es ist für meine Mutter und mich.«

Als Philip sich umwandte, den Blick auf die Tasse geheftet, um nichts zu verschütten, hörte er neben sich überrascht, aber gedämpft: »O, Mr. Garrett? Wie geht's?«

Auch der andere jonglierte eine Tasse und einen Teller. Philip schaute hin: »Wirklich, Mr. Harley? Danke, gut, und Ihnen?«

Jetzt hatten sich beide freigemacht, standen einander wortlos gegenüber.

Philip sagte: »Wollen wir nicht –« und machte mit dem Kopf eine Bewegung zu den Tischen hin. Sie steuerten auf einen Ecktisch des Rauchsalons zu, stellten Tassen und Teller nieder und setzten sich.

Beide nahmen zuerst mechanisch einen Schluck heißen Tees. Harley setzte die Tasse nieder, rührte länger als nötig mit dem Löffel herum: »Tut gut bei dem kalten Wetter.«

Philip bestätigte es, indem er wortlos einen zweiten Schluck nahm.

»Haben uns lange nicht gesehen, Mr. Garrett.«

»Wirklich, ziemlich lange nicht.«

»Seekrank gewesen, Mr. Garrett? Es war etwas stürmisch heute nacht.«

»Nein, ich hab' geschlafen. Hab' nichts gemerkt.«

»O, das ist gut. Dann werden Sie auch weiter nichts spüren. Wenn nur der erste Tag vorüber ist! Mir ist's in der Nacht elend gegangen.«

»Daß ich Sie gestern und heute früh nicht gesehen habe, Mr. Harley?«

»Es ging mir nicht gut, wie gesagt, ich muß mich am ersten Tage einer Seereise immer in Acht nehmen. Ich bin unten in meiner Kajüte geblieben, habe mir nur etwas Milch und Zwieback kommen lassen.«

Harley hatte eine Zigarettendose hervorgezogen und zündete mit ungeübten Bewegungen eine Zigarette an.

»Sie rauchen, Mr. Harley? Ich habe Sie nie rauchen sehen.«

»O pardon, darf ich Ihnen –?«

»Nein, danke.«

»Hin und wieder eine, natürlich nur in den Ferien. Ich habe ja noch drei Tage Ferien.«

»Wieso?«

»Noch zwei Tage Fahrt und einen Ruhetag, dann Konzert in Havanna.«

»Ah, Sie singen in Havanna? Gibt's dort Konzerte?«

»O bitte, Havanna ist eine wundervolle moderne Stadt, ein paar hunderttausend Einwohner.«

»Ich – fahre weiter.«

»Hum.«

»Ja – ich fahre drei Tage weiter. – Während wir hier sitzen, Mr. Harley ... ich bitte Sie, während wir hier sitzen, in Gedanken immerfort um Entschuldigung.«

»Aber warum denn? Dazu haben Sie doch gar keine ...«

»Man lebt sich in eine Vorstellung hinein, man weiß nicht, wie sie entstanden ist, aber sie setzt sich immer mehr fest. Und dann stellt sich plötzlich heraus, daß sie ganz falsch war. Man erschrickt, wenn man es hört, aber man kann sich nur allmählich von dem Irrtum freimachen.«

*

»Wir beide, Bill und ich, wir waren auch ganz erschrokken, als wir hörten ... als wir von Ihrem Verdacht hörten gegen – Mrs. Garrett und mich. Es war etwas vollkommen Überraschendes für uns, denn wir ...«

»Haben Sie denn, als Sie uns kennenlernten ...?«

»Ja, Mr. Garrett. Wir haben es natürlich immer gewußt, vom ersten Augenblick an. Wir haben Mrs. Garrett sofort als farbiges Blut erkannt, und sie hat gewiß nicht daran gezweifelt, daß wir sie erkannt haben. Wir haben nie mit ihr davon gesprochen, aber ich bin sicher, sie wußte es. Wir haben geglaubt, daß Sie sich darüber – hinweggesetzt haben. Und Sie waren für uns – bitte, verstehen Sie das richtig – für uns waren Sie gerade darum etwas Besonderes. Es war alles so harmonisch zwischen Ihnen beiden.«

»Es ist noch keine Woche her, daß ich es erfahren habe. Ich bin auf der Reise zu ihr.«

»Das ist sehr mutig von Ihnen.«

»Für mich ist es ganz selbstverständlich.«

»Wahrscheinlich begreifen Sie noch nicht, Mr. Garrett, was Sie da tun. Sie gehen einen schweren Weg. Früher haben Sie die Wahrheit nicht gewußt, nun wissen Sie alles. Das wird Ihnen schwer angerechnet werden. Leute, die bis jetzt mit Ihnen verkehrt haben, werden Ihren Gruß nicht erwidern; Sie werden Türen verschlossen finden, die Ihnen bisher offen standen. Sie haben dadurch, was Sie jetzt tun – es klingt wie eine Übertreibung, aber es ist so: Sie haben jetzt plötzlich hundert Millionen Menschen zu Feinden. Sie haben Ihr ganzes weißes Amerika gegen sich. Sie gehen einen schweren Weg, Mr. Garrett.«

»Aber – ich gehe ihn.«

Am nächsten Morgen gingen Philip und Harley ums Promenadendeck, nicht sehr schnell und ohne die Runden zu zählen. Manchmal blieben sie stehen, beugten sich über die Reeling und sahen stumm aufs Wasser hinab. Dann setzten sie ihren Weg fort, Harley erzählte von seinen Reisen, Philip hörte willig zu. Ein paarmal während des Spazierganges tauchte aus dem Hintergrund ihrer Gedanken anderes auf.

»Ja, Mr. Garrett, Sie dürfen einen Farbigen als Diener in Ihrem Bureau haben oder als Chauffeur, eine Farbige zur Hausarbeit oder als Köchin. Wenn sie in einer dienenden Stellung sind und, was man von ihnen verlangt, ordentlich verrichten, dann gibt's keinen Konflikt, dann ist's sogar möglich, daß der Weiße die Treue des Farbigen erwidert. Ihr bekämpft den Schwarzen, wenn er noch nicht so weit ist, einen Dienst ordentlich zu verrichten, wenn er noch auf der niedrigsten Stufe steht, roh ist und zu allem fähig. Und ihr bekämpft ihn auch, wenn er sich Bildung aneignet und zu euch aufsteigt, ein selbständiger Kaufmann sein will oder ein Arzt oder ein Advokat. Nur wenn er euch als nützliches Haustier dient, dann seid ihr mit ihm zufrieden.«

»Sagen Sie nicht ›ihr‹, Mr. Harley, sagen Sie nicht ›ihr‹. Ich habe mich mit diesen Dingen bisher eigentlich noch nicht beschäftigt. Ich hab' geglaubt, daß ich's nicht nötig habe, mich mit ihnen zu beschäftigen. Ich wußte ja nicht, daß ich mittendrin stehe.«

In Havanna verließ Harley das Schiff, Philip hatte noch drei Fahrttage vor sich.

Es war jetzt alles ganz klar für ihn. Er würde seinen Weg gehen, er wußte, daß es ein schwerer Weg wird. Er wird geächtet sein. Er wird die Vereinigten Staaten verlassen, wird anderswo sein Leben zu Ende leben, mit Marylin.

Er sieht sie vor sich, wie sie in den glücklichsten Zeiten war, ruft sich alles Gute in Erinnerung, das es zwischen ihnen gegeben hat. Ihm ist, als wäre sie gestern wegen eines kleinen Streits ohne Bedeutung von ihm gegangen, als fahre er ihr mit dem nächsten Schiff nach. Es wird eine leichte, schnelle Versöhnung geben, sie wird ihre Arme um seinen Hals legen, dann werden sie nebeneinander sitzen und beraten, wie sie ihr Leben weiterführen wollen.

Das Kind? Das Kind ist jetzt keine Schwierigkeit mehr. Sie werden irgendwo leben, wo es Weiße gibt und auch Farbige, wo nicht so viel Wesens davon gemacht wird, wenn weiße Leute ein dunkles Kind haben. Es ist ja sein und Marylins Kind. Wie kann es da eine Schwierigkeit geben?

»Wie kann es da eine Schwierigkeit geben« – so, mit diesen Worten will er es Marylin sagen. Sie wird ihre Arme um seinen Hals legen. Heute war Freitag, übermorgen wird Marylin ihre Arme um seinen Hals legen.

Die »Santa Marta« legte in den ersten Vormittagsstunden an. Da es ein Sonntag war, dauerte es länger als sonst, bis die Beamten an Bord kamen.

Unten steht ungeduldig die Menge, Weiße in Tropenhelmen und Farbige aller Schattierungen. Die meisten suchen jemanden, den sie erwarten. Man verständigt sich zwischen Pier und Deck mit Zeichen und Tücherschwenken, bis endlich die ersten Passagiere über den schmalen Steg eilig ans Land gehen. Auch Philip eilt, obwohl ihn niemand erwartet.

»Taxi? Taxi, mein Herr?«, fragt der Schwarze, der mit dem Gepäck neben ihm her trippelt. Philip nickt.

»Ins Hotel, Chauffeur.«

»In welches?«

»Das, das der Schiffahrtsgesellschaft gehört, ins –.«

»Ah, Myrtle-Bank-Hotel.«

Das Hotel liegt inmitten eines Palmengartens, dessen rückwärtiger Teil ans Meer grenzt. Philip steht am Fenster seines Zimmers im dritten Stock, er sieht in die Gipfel der Bäume, von der Stadtseite her klingt hell das Läuten einer Kirchenglocke herüber.

Hier also lebt Marylin.

Der Oberkellner, der ihn ins Zimmer begleitet hat, erinnert ihn im Fortgehen daran, daß das Lunch unten sofort serviert werde. Philip hat geantwortet: »Danke, ich komme sogleich.«

Er öffnet seinen Koffer, nimmt den Toilettebeutel heraus, sucht nach einem frischen Kragen.

Dann sitzt er im Speisesaal, dessen große Fenster in den sonnenwarmen Garten hinausgehen. Kellner kommen und gehen, fragen, stellen Speisen vor ihn hin, deren Namen er zum erstenmal hört, er ißt von jedem Gang ein paar Bissen. Aber er weiß nicht, was er ißt, wie es ihm schmeckt, wie lange er hier sitzt, während sie immer neue Teller vor ihn hinstellen.

»Nein, keinen Käse. Und auch kein Eis. Danke, nein, sagen Sie, bitte, dem Portier, er soll mir ein Auto besorgen.«

»Es stehen welche vor der Tür.«

Er greift in die Westentasche, dort raschelt ein Stück Papier, auf dem eine Adresse notiert ist. Er weiß sie auswendig, aber er hat zur Sicherheit einen Zettel bei sich. Einen zweiten hat er in einem andern Anzug, ein dritter liegt im Seitenfach der Handtasche. Außerdem stehen Straße und Hausnummer im Notizbuch und auf dem Innendeckel des Passes.

»Kaffee? Danke, nein.«

In der Halle merkt er, daß er seinen Hut im Zimmer gelassen hat. Aber er sieht draußen ein Cab mit einem Leinwandverdeck.

»He, Kutscher –.«

Er hat dem Schwarzen die Adresse genannt, aber noch bevor sie von der Hotelauffahrt in die Straße einbiegen, vergleicht er den eben gegebenen Befehl mit dem Text auf dem Zettel.

»Wie lange brauchen wir?«

»Fünfzehn Minuten.«

*

Er fährt zuerst ein Stück des Weges zurück, den er vor einer Stunde vom Hafen her gekommen ist, dann durch die Hauptstraße, die von zwei Palmenreihen begleitet wird. Die leichten Räder des Wagens gleiten fast geräuschlos über den Asphalt, nur das Stampfen des Pferdes ist hörbar. Der Markt ist leer. Am Eingang zum großen Park sitzen müßig zwei Stiefelputzer im Schatten. Bald wird die Straße holprig, der Weg führt zwischen Gärten und Feldern an einer Opuntienhecke entlang.

»Fahren Sie nicht bis hin, halten Sie ein paar Häuser vorher.«

Eine Gruppe von Landhäusern taucht auf, zwei, drei, Minuten entfernt.

»Wieviel Einwohner hat eure Insel?«

»Fast 'ne Million, Herr. Mit den verdammten Chinesen. Schmutziges Volk, für niedrige Arbeit, dreitausend haben wir hier«, antwortet der schwarze Kutscher.

Sie halten vor dem ersten der Häuser.

»Drei Shilling sechs, mein Herr. Dort drüben ist es, von hier das dritte. Thomas Bain Alves' Sohn wohnt darin, vornehme Leute. Danke, mein Herr. Soll ich warten?«

»Nein, nicht nötig.«

»Ich kann den Herrn auch am Abend abholen.«

»Nein, nein.«

Philip steht am Straßenrand, er blickt nach dem Hause der Bain Alves hinüber, dann wieder zum Wagen zurück, der eben wendet.

Dann läuft er ganz schnell quer über die Straße bis ans Gartentor. Er drückt auf die Klinke, das Tor ist offen. Das Haus liegt in der Sonne da, auf der Veranda, die um drei seiner Seiten läuft, steht eine Reihe geflochtener Sessel. Der Garten ist menschenleer.

Die Familie, die nach dem Sonntagslunch um den Tisch herum sitzt, sieht plötzlich durch die offenen Fenster auf der Veranda einen fremden weißen Mann stehen, der ins Zimmer schaut. Niemand hat ihn kommen hören, er trägt keinen Hut.

Auf dem Tisch steht inmitten einiger Teller eine Schüssel mit Früchten, die Servietten noch nicht zusammengelegt.

Da sitzt Onkel William und blickt erstaunt nach dem fremden Mann; Myrtle, neben ihm, richtet unwillig die Hornbrille hin. Adassah zeigt dem Fenster den Rücken, die Falten auf Johnnys Stirn scheinen zu sagen: Das hier ist ein Privathaus, vorn am Gartentor ist eine Glocke angebracht. Nur Reverend Fullerton macht ein freundliches Gesicht, er glaubt, es liege irgendein Mißverständnis vor, das sich bald aufklären wird.

Philip sieht von einem zum anderen. Er sieht in fremde Gesichter, das eine Gesicht, das er kennt, findet er nicht.

Er fragt, halblaut, als spräche er zu sich selbst: »Wo ist Marylin?«

Der Reverend erwidert: »Wollen Sie nicht eintreten, mein Herr?« Und Johnny fügt hinzu: »Damit wir erfahren, wer uns die Ehre erweist.«

Reverend Fullerton holt Philip ins Zimmer, Philip stützt die Hand auf eine Stuhllehne, nahe bei der Tür: »Ich bin – Philip Garrett. Ich bin Marylins ... bitte, wo ist sie?«

Niemand antwortet. Dann sagt Adassah, die als einzige sitzen geblieben ist: »Wir haben es Ihnen nicht schreiben können.« Onkel William ergänzt in seinem tiefen Baß: »Sie hat selten von Ihnen gesprochen, keinem von uns die Adresse gesagt.«

Der Reverend tritt näher an Philip heran: »Setzen Sie sich doch ein wenig nieder.«

Philip drängt: »Aber wo ist sie denn, bitte?«

Johnny steht hinter Adassah, Myrtle neben ihrem Vater. Onkel William bemüht sich, Bescheid zu geben: »Marylin ist nicht mehr bei uns, nein.«

Myrtle sagt: »Seit zwei Monaten nicht mehr« und Johnny: »Gestern waren es zehn Wochen.«

»Und Sie wissen nicht, wo sie ist?«

»Ich bin ein Freund des Hauses, Reverend Fullerton von der Wesley-Kirche. Marylin war ein paar Monate hier, ihre Verwandten haben sie sehr lieb gewonnen. Wir glaubten alle, daß es ihr gut geht. Und dann ist sie vor zwei Monaten – versuchen Sie es, Mr. Garrett, in Ruhe anzuhören – dann ist sie vor zwei Monaten ... Marylin lebt nicht mehr.«

Philips Hand hielt die Stuhllehne fest umklammert. Er starrte auf die Mitte des Tisches, auf die Fruchtschüssel zwischen den Tellern.

Wieder sprach eine Weile lang keiner. Dann klangen Worte an Philips Ohr, er wußte nicht, wer sie sprach.

Eine Frau schluchzte: »Ganz plötzlich ... sie war nicht krank ... ich hatte sie so lieb!« – »Wir hatten sie alle lieb«, zitterte ein Baß. Eine andere, eine härtere Frauenstimme meinte: »Sie konnte tun, was sie wollte, sie brauchte nicht zu arbeiten.« – »Sie war wie zu Hause, auch bei meinen Eltern in der Stadt«, das sagte ein jüngerer Mann.

Dann bat geängstigt der Baß: »Aber das Kind geb' ich nicht her, nein, ich geb's nicht her.«

Philip wollte ins Freie hinaus, aber er konnte nicht von der Stelle.

Adassah verläßt das Zimmer, kommt bald wieder zurück, sie trägt ein braunes Kind auf dem Arm, ein anderes, hellhäutiges, läuft neben ihr her. Das braune Kind hat einen blauen Kittel an. Philip blickt von dem einen zum anderen.

Adassah sagt zu dem Kind auf ihrem Arm: »Gib die Hand, gib die Hand dem – Herrn.«

Philip hebt mechanisch den Finger, das Kind wendet sich anfangs ab, dann greift es nach Philips Hand und lacht.

»Das Kind geb' ich nicht her, es ist das Enkelkind meiner Schwester. Nicht wahr, Sie werden es mir nicht fortnehmen.«

»Es wird ihm nie an etwas fehlen, wir werden die beiden Kinder ganz gleich erziehen.«

Das Kind spielte mit Philips Finger, Philip sah ihm ins Gesicht, als suchte er dort etwas. Er legte den Kopf zur Seite, als horchte er in sich hinein.

Dann läßt das Kind den Finger los. Nur Reverend Fullerton sieht, daß Philip leicht den Kopf schüttelt und mit den Achseln zuckt, als er sich abwendet und zum Fenster tritt.

Zwei Stunden später saß Philip in Reverend Fullertons Arbeitszimmer in dem kleinen Häuschen neben der Wesley-Kirche.

»Die Bain Alves und der Alte haben Ihnen, Mr. Garrett, von Marylins Tod erzählt. Wie sie eines Mittags verschwunden war und daß wir alle sie vergeblich suchten, bis man sie am nächsten Tag – es war Sonntag wie heute – am Strande fand. Man hatte sie zuletzt an der Spitze des kleinen Piers gesehen, jenseits des Hafens. Marylin hat nie einem von uns erzählt, weshalb sie hierherkam und wie lange sie bleiben wollte. Es hat sie auch niemals einer danach gefragt. Jetzt, nachdem Sie da waren, ahnen sie draußen in Johnny Bain Alves' Haus vielleicht etwas vom Schicksal dieser kleinen Frau. Aber ich bin nicht sicher, daß sie miteinander darüber reden. – Ich habe eine Pflicht gegen Sie zu erfüllen, Mr. Garrett, bevor Sie morgen mit dem Gegenschiff unsere Insel wieder verlassen. Ja, Sie werden morgen wieder nach New York zurückfahren. Alles andere hieße Verwirrung stiften. Das Kind gehört dorthin, wo es ist. Seine Mutter hat es dorthin gebracht, und sie hat am Ende auch gewußt, daß es gut aufgehoben ist.«

Fullerton stand auf, nahm aus einem Wandschrank ein Buch und aus dem Buch ein Blatt Papier.

»Ich sagte, ich habe eine Pflicht gegen Sie zu erfüllen. Ich wußte bis jetzt nicht, was ich mit diesem Blatt Papier beginnen sollte, das mir einen Tag, nachdem man Marylins Leiche fand, die Post gebracht hat. Seit heute weiß ich, daß es für niemanden andern als nur für Sie bestimmt ist.«

Er reichte es Philip. Es enthielt nichts als in Marylins kräftigen Schriftzügen, die von so viel Tapferkeit sprachen, diese Zeilen:

An einem Morgen klar und rein
Tragen Flügel mich in den Himmel hinein.
Bald ... bald ...
Will ich abtun meine schwere Last.

Nachwort des Herausgebers

Arthur Rundt im Kontext zeitgenössischer Amerika-Bilder und ihrer kulturell-habituellen Kodierungen

I.

Als im September 1928 in der *Neuen Freien Presse* (NFP), dem bürgerlichen Flaggschiff unter den Wiener Zeitungen der 1920er-Jahre, der Fortsetzungsroman *Marylin* von Arthur Rundt zum Abdruck gelangte, stand der heute weitgehend in Vergessenheit geratene Feuilletonist, Dramaturg, Reiseautor und Kritiker Rundt bei seinen Zeitgenossen recht hoch im Kurs. Insbesondere den an Fragen des zeitgenössischen Theaters Interessierten galt der in Kattowitz am 14. August 1881 Geborene schon vor und während des Ersten Weltkriegs als kompetente Stimme, als unermüdlicher und aufmerksamer Förderer von Autoren und Texten auf einem keineswegs selbstverständlichen, weil ideologisch und ästhetisch exponierten Terrain. Vom Mitherausgeber des in Berlin 1910–1914 erschienenen *Theaterkalender* avancierte er bald zum Leiter der von der Bildungszentrale der Sozialdemokratischen Partei 1911 eingerichteten ›Freien Volksbühne‹ sowie, gemeinsam mit Stefan Großmann, zum Redakteur der Volksbühne-Zeitschrift *Der Strom* (1912–14). Dazu trat Rundt als Dramaturg und Theaterdirektor hervor, der Debuttexte wie das auch von Arthur Schnitzler registrierte Drama Else Feldmanns *Der Schrei, den niemand hört* (1916) aufführte. So wenig die Literatur- und Theaterwissenschaft davon Notiz nehmen wollte, sein Engagement blieb manchen Zeitgenossen trotzdem in Erinnerung. Noch Jahrzehnte später hat z. B. der vielseitig produktive und in alle Richtungen vernetzte Schriftsteller-Kritiker Oskar Maurus Fontana in einem Rückblick auf die expressionistische Bewegung in Wien die Volksbühnen-Aufführungen mit zu den spannendsten jener Aufbruchsphase gerechnet.[1] Zu erinnern ist in diesem Kontext auch an die Wedekind-Feier vom April 1918, die aufgrund des großen Interesses wiederholt werden musste und in deren Rahmen die Uraufführung seines selten gespielten Stückes *Zensur* zustande kam[2].

Für die Jahre unmittelbar nach 1918 (nach dem Ende der *Freien Volksbühne*) verlieren sich die Spuren zunächst ein wenig. Aus Notizen von Robert Musil wissen wir, dass Rundt Anfang der 1920er an der sogenannten *Mokka-Runde* im Café Central teilgenommen hatte, die auch von Béla Balázs, Franz Blei, O. M. Fontana, Georg Lukács und Robert Müller frequentiert wurde, d.h. eine Art von Bindeglied und Begegnungszone zwischen expressionistisch-aktivistischen und am medialen Wandel interessierten Autoren und Kritikern darstellte.[3] Außerdem ist für 1923, gemeinsam mit Richard A. Bermann, eine Palästina-Reise nachgewiesen, aus der Rundts erster Reisebericht zustande gekommen ist, der im *Prager Tagblatt* am 25.10.1923 im Anschluss an einen Vortrag Thema der Feuilletonbesprechung auf der ersten Seite geworden ist. Auch als Mitglied des Verwaltungsrates der *Vita-Filmindustrie* ist er über eine Zeitungsnotiz fassbar, womit sich Konturen einer Arbeits- und Werkbiographie abzeichnen, die neben seinen dramaturgischen Interessen an Schnittflächen literarischer und medialer Textproduktion und somit im Trend der Zeit gelegen sind. Ab 1924 trat Rundt als Feuilletonist in der NFP bzw. 1925 auch in den Organen *Der Morgen, Der Tag, Vossische Zeitung* und, ein wenig überraschend, als Gastkommentator auch im Österreichischen Volkswirt in Erscheinung. Zuvor aber bereiste er seit Ende April 1924 die USA, was wohl auch im Hinblick auf die nachfolgende Hinwendung zum Genre des sachbuchartigen und zugleich kulturkritischen Reiseberichts von Bedeutung war, insofern als diese und eine weitere Reise aus dem Jahr 1925 einen Wendepunkt in seiner schriftstellerisch-publizistischen Karriere herbeiführten, einschließlich einer markanten nachfolgenden Profilierung.

Diese Profilierung setzte über erste Zeitungsbeiträge, wie z.B. eine pointiert zugespitzte Analyse politisch-habitueller Gemengelagen und Differenzen zwischen europäischen Erwartungshaltungen und amerikanischem Pragmatismus, auch fassbar als kühle Interessenspolitik ein. Diese, so Rundt unumwunden, basiere auf einer oligarchischen Allianz aus Wallstreet und Washington, so in *Europäische Innenpolitik und Amerika*. Da gebe es für Europa wenig zu holen, insbesondere solange, als es aus seiner ökonomischen Krise und seiner, für Amerikaner, unübersichtlichen und daher unnötig komplizierten politischen Konfrontationslust nicht herauskomme: »Europa muß aufhören zu glauben, daß Amerikas Außenpolitik von Gefühlen geleitet werde oder von ethischen Gesichtspunkten oder von Sympathien für diese oder jene Partei. Im Grunde genommen ist es Amerika vollkommen gleichgültig, wie Pickelhaube und Bratenrock im politischen Spiel die Rollen untereinander verteilen [...] Amerikas Wünsche für Europa heißen: Ordnung, Arbeit und weniger politisches Geschwätz. Und wenn es Geld hergeben soll: ausreichende Sicherheiten und hohe Zinssätze.«[4]

II.

Einen ersten Höhepunkt erreichte diese Amerika-Profilierung mit dem Ende 1926 erschienen Buch *Amerika ist anders*, versehen mit einem auffälligen Cover sowie Text-Illustrationen von Tibor Gergely. Es war dies, wie R. A. Bermann, selbst Kenner der USA und unter seinem Pseudonym Arnold Höllriegel einflussreicher Kritiker im *Prager Tagblatt*, bemerkte, nicht nur ein »prachtvolles Buch«, sondern auch eines, das, in Anspielung auf den Titel, anders als alle bislang vorliegenden Amerikabücher wäre. Rundt gelänge es nämlich, »Americana aus der Psychologie des Amerikaners zu erklären« sowie vor allem eines: mit dem leichten Pinselstrich des Pointilisten tiefgreifende habituelle Umbrüche und Veränderungsprozesse, sichtbar in der Alltagskultur wie z.B. in der Form des Radiokonsums, der Reklame-Welten, der Weekend-Gestaltung, des Warenversandhauses, Aspekten der Arbeitswelt, einschließlich des Fordismus, in den Blick zu nehmen. Weder würden diese soziologisch noch ideologisch übermäßig aufgeladen, sondern nüchtern und mit leiser ironischer Grundierung ausgeleuchtet, um sie in feuilletonistischer Manier in Lese- und Erkenntnisvergnügen einmünden zu lassen. Trotz dieser leicht hingesetzt wirkenden Zeichnung entstehe aus ihr ein bemerkenswertes »Profilbild jenes märchenhaften fremden Wesens, des naiven Titanenknaben, des Amerikaners«.[5] En passant gelingen ihm, durchaus im Kontrast zu etablierten, aber auch aus gänzlich anderen Blickwinkeln, tiefere und strukturelle Einsichten in Facetten des amerikanischen Alltags, man denke nur an die Wahrnehmung des Jazz als Aufbruch einer sich seiner Kraft bewusst werdenden schwarzen Kultur: »Der Jazz ist der Freudenausbruch des schwarzen Mannes über seinen Aufstieg, über die Freiheit, die Amerika ihm wiedergab« (AiA, 134).[6] Rundt formuliert dabei mehr als übliche Impressionen, wie sie in der mehr oder weniger Jazz-begeisterten europäischen Wahrnehmung weit verbreitet waren. Er stützt sich vielmehr auf die mit der *Harlem-Renaissance* verbundene Galionsfigur, auf den Schriftsteller, Komponisten, Rechtsanwalt und Bürgerrechtsaktivisten James Weldon Johnson, den er als autoritative Referenz auch zitiert. Darüber hinaus verlässt er sich auf eigene Streifzüge durch die Kellerkabaretts Harlems und die anliegenden Straßenzüge bis hin zum Broadway, in denen, so Rundts Beobachtung, der wilde Jazz der 135th Street »zivilisiert, hergerichtet« (AiA, 138) werde. Zum ›Profilbild‹ des zeitgenössischen Amerika gehörten neben neuen, den Alltag und die Arbeitswelt prägenden Technologien und Umbrüchen natürlich auch spezifische Dimensionen des Zwischenmenschlichen, allen voran die Ikonisierung der Liebe unter dem Label einer »schrankenlosen Verheißung« (AiA, 65). Letzteres inszeniere das *American Girl* mit sachlicher Gründlichkeit, um den durchschnittlichen *boy* über *petting parties* aus weitverbreiteter mütterlicher Abhängigkeit heraus in letztlich gar nicht so neue überzuführen, in die »*Jazz-Age-Mariages*«, die nicht selten genug kurzen Ablaufdatums waren (AiA, 69).

Über diese Akzente – es ließen sich weitere anführen – erscheinen doch sichtbare Kontraste zum späteren *Paradies Amerika* von Egon E. Kisch, vielleicht dem wirkungsmächtigsten USA-Buch Ende der 1920er-Jahre, markiert. Selbstverständlich ist sich auch Rundt der ökonomischen Dimensionen, einschließlich ihrer ausbeuterischen Züge bewusst, die er, leidenschaftsloser als Kisch freilich, einleitend wie folgt festhält: »Die Vereinigten Staaten sind das Land der krassesten Gegensätze und zugleich das Land des geringsten sozialen Aufbegehrens« (AiA, 9). Wenn es trotzdem ein das Land einendes und über verschiedene Klassen greifendes Kennzeichen gebe, dann, so Rundt, drücke es sich im Streben nach materieller Kultur im Sinn eines erreichbar scheinenden Glücksversprechens aus, das zugespitzt wie vereinfacht in der Formel der »Jagd auf den Dollar« (AiA, 11) zum Ausdruck käme.

III.

Dieses andere und zugleich eigentliche Amerika bildet unausgesprochen den Bezugshorizont für den Fortsetzungsroman *Marylin*, der in 43 Folgen seit dem 1.9.1928 in der NFP zum Abdruck kam. Er setzt denkbar unspektakulär und doch mit einem ganz eigenwilligen Rhythmus ein: »Marylin hatte in Chicago eine Fünfundzwanzig-Dollar-Stellung. Sie fuhr jeden Morgen mit dem gleichen Hochbahnzug in ihr Office ...« (M, 5) Hinter diesen bündigen Sätzen lag für die zeitgenössischen Leser eine Welt, die en Detail kaum vorstellbar und zugleich von einer Fülle an Projektionen und Bildern umstellt war: die Welt der amerikanischen Metropole, die von moderner Technik, sichtbar im Bild der Hochbahn, geprägt war, eine Welt möglichen sozialen Aufstiegs durch Arbeit, in der auch junge Frauen, einen Anflug von Selbstbestimmtheit vor Augen, ihren Weg machen konnten, Frauen wie z.B. Marylin. Erinnern die ersten Chicago-Eindrücke an zeitgenössische Bewegungsbilder der Großstadt, man denke nur an Joseph Roths Feuilleton *Gleisdreieck* oder Walter Ruttmanns Eingangsszenen in seinem Berlin-Film *Symphonie der Großstadt*[7], so vermittelt der Tagesablauf der Protagonistin bei genauerem Hinsehen auch weniger faszinierende, eher graue Seiten des American Dream: eine genau eingeteilte Existenz zwischen Mietzimmer an der Peripherie, Büroarbeit, Fahrt zur und von der Arbeit, eine nahezu fließbandähnliche Existenz. Rundt fasst dies in einen geradezu akzentuiert sachlichen Duktus, wie er seinesgleichen auch am Höhepunkt der Neuen Sachlichkeit eher selten anzutreffen ist; andererseits setzt er auf synkopische

Akzente, auf Wahrnehmungsbrüche, die das Sachliche kontrastieren, ins Unausgesprochene, Fragmentarische ausfransen. Im Zuge dieser Fahrten mit der Hochbahn nähert sich Marylin ein junger Mann, Philip, der in einem Architekturbüro mit einem Fünfzig-Dollar-Job angestellt ist und sich zum Ziel setzt, Marylin nicht nur kennenzulernen, sondern auch für sich zu gewinnen. Wie am Reißbrett, gewissermaßen amerikanisch, geht er dabei vor, jegliche Gefühlsregung nach außen hin unterdrückend: »Er machte keine sentimentalen Phrasen, aber jede Frau mußte aus seinen Worten leidenschaftlichen Ernst heraushören« (M, 16). Zugespitzt formuliert: eine kongeniale, die Zeitstimmung auch für deutschsprachige Leserinnen und Leser nachvollziehbare Konstellation, in der eine ›neue Frau‹ auf einen (vielleicht weniger) neuen Mann trifft. In die durch die Folgen-Regie des Zeitungsabdrucks auf Spannung und Offenheit gepresste Bewegung von Annäherung und Distanz zwischen den beiden, ja mitunter Flucht, werden eine Reihe zeitgenössischer Diskurse eingeflochten, die gleichermaßen für Amerika stehen als auch für europäische Vorstellungen von Amerika sowie für Debatten, die auch in Österreich und Deutschland 1928 hochaktuell waren wie z.B. jener über ›konventionelle‹ Ehe/Familie versus ›Kameradschaftsehe‹.[8] Vor allem aber schälen sich bald tiefer reichende Problemlagen heraus, die sich auch im banalen Alltagsverkehr manifestieren: eine trotz Technik und rationale Organisation des Alltags- wie des Gefühlhaushaltes durchbrechende weit verbreitete Anfeindung von Beziehungen zwischen weißen und nichtweißen Amerikanern. Denn Marylin hat eine gemischte ethnische Herkunft, die sich wie eine undurchdringliche Wand zwischen die beiden schiebt. Sie wird von Philip allerdings nicht wahrgenommen, weil sie als solche zunächst kaum sichtbar ist und seine emotionale, auch interaktive Kompetenz im Vergleich zu jener des auf Raumoptimierung spezialisierten Architekten eher kümmerlich ausgeprägt wirkt. Doch diese als Tabu unangetastet bleibende Differenz führt dazu, dass Marylin sich wiederholt dem leidenschaftlichen Ernst Philips durch Ortswechsel, d.h. zunächst nach Cleveland und schließlich nach New York, entzieht, vorgeblich um Karriereangebote anzunehmen. Er folgt ihr nach, mietet sich in dasselbe Haus wie Marylin ein und schlägt ihr eine gemeinsame Zukunft vor: »... Ich werde warten, bis wir einig sind ...« (M, 24). Marylin kann sich dieser Aufmerksamkeit, die das Auszusprechende, den Kampf mit ihren eigenen Emotionen lange ausspart, nicht mehr entziehen. Zugleich ist sie bestrebt, das Heft nicht völlig aus der Hand zu geben, lässt die unaufhaltsame Annäherung zu, ohne Einblick in ihr Inneres zu gewähren, denn das hieße ja, ihre ethnische Differenz offenzulegen. Kaum dass ihr Philip zu nahe gerät, ihre Beziehung in die geregeltere der Ehe überführen will, zieht sie sich zurück, verstummt, verschließt sich, kämpft mit ihren Emotionen, ohne dass ihm die Beweggründe zugänglich werden. Selbst als sie bereit ist, sich ihm zu geben, doch auf sein Drängen nach Heirat eine Wartezeit erbittet und ihn gleichzeitig auffordert »so nimm mich doch!!« (M, 63), kann er nicht anders, als verstört über diesen Ausbruch an unerwarteter Leidenschaft, an Ablehnung wie Hingabe, mit Verweis auf seine puritanisch-geistliche Erziehung – »... keiner von uns allen täte das ...« (M, 64) – den Rückzug anzutreten. Er spürt etwas »Fremdes«, weiß nicht, was es ist, und schon gar nicht, wie es aus der Welt zu schaffen wäre, und gibt beinahe auf. Es handelt sich um eine Szene, in der Rundt eine treffende, auch berührende Überblendung aus gegenläufigen, d.h. modern anmutenden, selbstbewussten Haltungen einerseits und traditionsbelasteten Prägungen andererseits, aus unausgesprochenen Grenzziehungen und hervorbrechenden Emotionen gelingt, ohne die im Schnittfeld von Eros, Liebe und (Familien)Glück übliche sprachliche, auch rhetorische Kodierung starker Gefühlsregungen abrufen zu müssen. Nach einer Reihe weiterer Episoden, die unter anderem neue, meist farbige, auch zeittypische Figuren wie z. B. einen Boxer sowie einen erfolgreichen schwarzen Sänger in das Geschehen einführen, scheint sich die Beziehung durch eine eingetretene Schwangerschaft auf einen glücklichen, von Marylin freilich angstvoll erwarteten Höhepunkt hin zu entwickeln. Doch nach der Geburt des Kindes, das dunkelhäutig zur Welt kommt, bricht für alle die mühsam erarbeitete Idylle in sich zusammen: Marylin wird durch das Kind an ihre eigene farbige, inzwischen verstorbene Mutter erinnert, ist jedoch unfähig, ja gelähmt, dies auszusprechen; Philip vermutet, wie sein gesamter Freundeskreis, eine fremde Vaterschaft und zwar in Gestalt jenes Sängers, der auch auf Marylin nicht ohne Eindruck geblieben war. Die nachfolgende traumatische Trennung, verbunden mit einer hinrichtungsartigen Gerichtsverhandlung, fördert bislang latent angedeutete Reserven als nun offene rassistische Ressentiments zutage, kehrt ein geradezu hässliches Gesicht Amerikas hinter der Maske von Fortschrittlichkeit und liberaler Beziehungsrhetorik hervor. Marylin flüchtet neuerlich aus dem brutal zerrissenen American Dream, diesmal zu Verwandten in die Karibik, d. h. in die Welt, die sie hinter sich gelassen geglaubt hatte. Im Zug dieser Schiffsreise wird die Figur eines farbigen Arztes aus Harlem eingeführt, der als scharfer Kritiker nicht nur der Segregationspolitik und Unterdrückung der schwarzen Amerikaner auftritt, sondern auch das Desinteresse vieler Farbiger, am »Problem unserer Rasse so wenig Anteil [zu] nehmen« (M, 124), d. h. aktiver auf Gleichberechtigung hinzuarbeiten, vehement beklagt – eine Kritik, die Marylin zusätzlich belastet. Aber auch Philip Garrett kommt über das Ende seiner Lebensbeziehung nicht hinweg. Die Frau eines Freundes, die aus Paris gebürtige Odette, öffnet ihm eines Tages die Augen über das sorgsam gehütete und nach der Geburt ihrer Tochter traumatisch zusammengebrochene Geheimnis Marylins und gibt ihm ihren Fluchtort bekannt. Indem Philip nun der komplexen Vergangenheit Marylins und den Launen der Vererbungstheorie auf die Spur kommt, die bei Mischbeziehungen einmal der einen, dann der anderen Hautfarbe deutliche Sichtbarkeit gewähren kann, gelingt es ihm, schrittweise aus seinen eigenen wie aus den Vorurteilen seiner Umgebung herauszutreten. Er zögert keine Sekunde und setzt, indem er beschließt, Marylin aufzusuchen und um Vergebung zu bitten, ein deutliches Zeichen der Distanz zu seiner rassistisch eingestellten Umgebung.

Als er auf seiner Reise auch noch dem schwarzen Sänger Harley, in dem er lange die fremde Vaterschaft vermutet hatte, begegnet, ergibt sich eine berührende Gelegenheit zur Aussprache. Harley macht ihm dabei klar, worauf er sich mit der Entscheidung, Marylin zu suchen, eingelassen hat: „Sie gehen einen schweren Weg [...] Leute, die bis jetzt mit Ihnen verkehrt haben, werden Ihren Gruß nicht erwidern; Sie werden Türen verschlossen finden, die Ihnen bisher offen standen [...] Sie haben Ihr ganzes weißes Amerika gegen sich." (M, 150)

Philip lässt sich jedoch nicht von seinem Weg abbringen; er signalisiert damit nicht nur menschliche Größe und eine ungebrochene Liebe über ethnische, absurde Grenzziehungen hinweg, sondern auch, dass es andere Optionen geben kann und nötigenfalls auch geben muss: „...er wußte, daß es ein schwerer Weg wird. Er wird geächtet sein. Er wird die Vereinigten Staaten verlassen, wird anderswo sein Leben zu Ende leben, mit Marylin.“ (M, 151) Allerdings erweist sich auch diese Aussicht nach seinem langen Ringen als bereits verschlossen. Kaum auf jener karibischen Insel im Kreis ihrer Verwandten angekommen, muss er nämlich erfahren, dass Marylin wenige Wochen vor seiner Ankunft den Freitod gewählt hatte.

Nicht nur thematisch nimmt dieser Roman eine singuläre Stellung im zeitgenössischen Diskursfeld ein: die Überblendung von Race und Gender, europäischen Projektionen und amerikanischen Realitäten, urbaner Modernität und provinzieller Fesseln hat zwar schon Hugo Bettauer in seinem Roman *Das blaue Mal* (1922) zum Gegenstand eines kulturzivilisatorischen, Widersprüche und Utopien thematisierenden Südstaaten-Narrativs gemacht, doch blieb seine Sicht auf die Vorkriegsrealität begrenzt (Endpunkt: *Race riots* von 1906)[9]. Darüber hinausgehend verknüpft Rundt seine Gestaltung des Diskurs- und Themenfeldes von ›Race‹, ›Gender‹ und ›Kultur‹ mit hochaktuellen Debatten über den zeitgenössischen techno-habituellen Wandel. Und er unterlegt sie mit einer sprachlichen Signatur, die in neusachlicher Diktion diesen Wandel kongenial begleitet, ja wesentlich mitträgt, – eine Signatur, die im Ansatz jener von Mela Hartwig und Hermann Kesten verwandt erscheint, aber in ihrem Metropolen-Soundtrack wie in ihrer desillusionierenden Perspektive fast einzigartig aus der zeitgenössischen deutschsprachigen Romanproduktion herausragt.

IV.

An der Schnittfläche von Unterhaltungskultur, neusachlicher Ratgeberliteratur und Amerika-Reminiszenz ist auch sein von der Resonanz her wirkungsvollstes Buch angesiedelt, das 1927 erschienene *Frag mich was!*, das bereits Mitte 1928 an die 50.000 verkaufte Exemplare verbuchen konnte. Rundt war daher auch ein gefragter Beiträger für diverse Radiostationen, wie aus zeitgenössischen Programmannoncen, nicht nur in Österreich, hervorgeht.

1932 erschien bei Rowohlt schließlich das Pendant zu seinem ersten Amerikabuch, sein Russlandtext *Der Mensch wird umgebaut*, der im Umfeld der zeitgenössischen Russland-/Bolschewismus-Diskurse ebenfalls eigenwillige Akzente setzte. Eigenwillig unter anderem deshalb, weil er im sowjetischen Kollektivierungsprogramm überraschende Analogien zum Fordismus der USA zu entdecken meinte und habituelle Besonderheiten ironisch-distanziert herausarbeitete.[10] Im selben Jahr kehrte Rundt auch wieder zu seinem ursprünglichen Metier, dem Theater, zurück und feierte mit seiner gemeinsam mit Louise M. Mayer verfassten historischen Komödie *Disraeli* am Burgtheater einen beachtlichen Erfolg.[11] Ihr folgte im September 1932 eine weitere, co-verfasste Komödie, *Kyrill reist ins Ausland*, die allerdings weniger günstig aufgenommen worden ist, sowie 1935 die Bühnenbearbeitung des Textes *Weniger und die Gerechtigkeit* von Raoul Auernheimer. Ab Juni 1934 kam, wiederum in der NFP, ein weiterer Roman in 55 Fortsetzungen zum Abdruck: *Kupfer B.*, ein phantastischer Roman, der die Figur eines Physikers ins Zentrum rückt, dem die Umwandlung von gewöhnlichem Kupfer in einen neuen Stoff, Kuper B, gelingt. Zwar gelingt es ihm noch, diesen Roman in Buchform zu veröffentlichen, doch erfolgte dies weitgehend unbemerkt vom Lesepublikum wie von der Kritik. Die späten 1930er-Jahre bedeuteten für Rundt daher zunehmend das Wegbrechen seiner Existenzgrundlage, denn sowohl Beiträge für das Radio als auch für Zeitungen waren in Österreich oder in Prag von Tag zu Tag schwieriger unterzubringen; auch der Weg zurück zum Theater ließ sich nicht mehr gehen. Rundt, der noch wenige Jahre zuvor einen Namen im literarischen Leben hatte, dessen Texte gelesen und diskutiert wurden, sah sich brüsk auf eine Nischenrealität zurückgeworfen, die zudem von gesundheitlichen Problemen belastet war. Nach zwei Schlaganfällen gelingt es ihm wohl noch, 1939 in die USA zu emigrieren. Dort freilich vermag er nicht mehr Fuß zu fassen und verstirbt im April 1939 in einem New Yorker Sanatorium.

Primus-Heinz Kucher

Anmerkungen

1 Vgl. Oskar Maurus Fontana: Expressionismus in Wien. Erinnerungen. In: Paul Raabe (Hg.): Expressionismus. Aufzeichnungen und Erinnerungen der Zeitgenossen. Olten: Walter 1965, 186–191. Zur Feldmann-Aufführung vgl. Arthur Schnitzler: Tagebuch 1913–1916. Hg. von W. Welzig. Wien: Verlag der Akademie der Wissenschaften 1983, S. 265, Eintrag vom 12.2.1916; ferner dazu auch der Kurzbericht im *Prager Tagblatt*, 15.2.1916, S. 6: »Der Direktor der Volksbühne, Dr. Arthur Rundt, hat ein neues Talent entdeckt: Else Feldmann.«

2 Vgl. dazu den Bericht in der *Arbeiter-Zeitung*, 18.4.1918, S. 7 und 1.5.1918, S. 9.

3 Vgl. Evelyne Polt-Heinzl: Arthur Rundt. Online unter: http://litkult1920er.aau.at/?q=lexikon/rundt-arthur

4 A. Rundt: Europäische Innenpolitik und Amerika. In: *Der österreichische Volkswirt*, 2.5.1925, S. 847.

5 Vgl. Prager Tagblatt, 16.4.1927, S. 14. (Rubrik: Das gute Buch)

6 Arthur Rundt: Amerika ist anders. Berlin: Volksverband der Bücherfreunde 1926. Zit. im Text mit Sigle AiA

7 Ruttmanns Film ist auch online einsehbar: https://www.youtube.com/watch?v=wY5GdeqOkfc (Zugriff 10.12.2016)

8 Vgl. dazu Rebecca Unterberger: Geschlechterverhältnisse. In: J. Bertschik, P.-H. Kucher, E. Polt-Heinzl, R. Unterberger: 1928. Ein Jahr wird besichtigt. Wien: Sonderzahl 2014, S. 41f.

9 Vgl. dazu Peter Höyng: »Ich seh' schwarz« – »Ich weiß«. Zum rassischen Diskurs der Moderne anhand von Hugo Bettauers Bildungsroman Das blaue Mal. In: P.-H. Kucher, J. Bertschik (Hg.): »baustelle kultur«. Diskurslagen in der österreichischen Literatur 1918–1933/38. Bielefeld: Aisthesis 2011, S. 435–451.

10 Vgl. dazu Simon Huber: Orientierungsfahrten. Sowjetunion- und USA-Berichte der Weimarer Republik als Reflexionsmedium im Modernediskurs. Bielefeld: Aisthesis 2014, S. 139–147.

11 Vgl. NFP, 22.4.1932, S. 1–3 bzw. Der Morgen, 25.4. 1932, S. 10.

Biografie

Arthur Rundt, 1881 in Kattowitz/PL – 1939 in New York; Autor, Journalist, Regisseur, Theaterdirektor. Ab 1912 Co-Intendant der Freien Wiener Volksbühne. 1923 erstes Reisebuch über Palästina. Ab 1924 als Korrespondent für verschiedene Zeitungen, u. a. für den Hamburger Anzeiger, Reisen in die USA und Kanada. 1926 *Amerika ist anders,* 1932 das Russland-Reisebuch *Der Mensch wird umgebaut* bei Rowohlt. Der Roman *Marylin* wurde 1928 als Fortsetzungsroman in der Neuen Freien Presse abgedruckt und liegt hier zum ersten Mal in Buchform vor.

Stefan Großmann
Ich war begeistert
Lebenserinnerungen
304 S., geb., 21,90 €
E-Book: 9,99 €

Else Feldmann
Travestie der Liebe
Erzählungen
144 S., geb., 18,95 €
E-Book: 9,99 €

Robert Neumann
Hochstaplernovelle
128 S., geb., 18,95 €

Joseph Roth
Nacht und Hoffnungslichter
248 S., geb., 21,95 €
E-Book: 9,99 €

Erstdruck als Fortsetzungsroman in der Neuen Freien Presse, von September bis Oktober 1928. Die Unterbrechungen sind im Buch mit * markiert.

Transkribiert von Christina Glinik (im Rahmen des FWF-Projekts P 27549: Transdisziplinäre Konstellationen, Leiter: Primus-Heinz Kucher, Mai 2016)

Erste Auflage

www.editionatelier.at
Cover: Jorghi Poll
Satz: Sarah Legler
Druck: Bookprint Kft., Györ
ISBN 978-3-903005-28-0
E-Book: ISBN 978-3-903005-49-5

Mit freundlicher Unterstützung der Kunstförderung des Bundeskanzleramtes Österreich und des Literaturreferats der Stadt Wien, MA7, der Alpen-Adria Universität Klagenfurt und der Kärntner Landesregierung

BUNDESKANZLERAMT ÖSTERREICH
KUNST

WIEN KULTUR

KUWI
@aau.at

LAND KÄRNTEN
Kultur